www.caraibeditions.fr

Direction éditoriale : Florent Charbonnier
Crédit photo couverture de Steve Fola Gadet : Cédric Calvados
Première impression : avril 2022
Conception et réalisation : Studio graphique Luele
Imprimé par CPI (2067380) - ISBN : 978-2-373-11120-0

Steve Fola Gadet
& Emmanuel de Reynal

Dialogue improbable

entre un afro-descendant et un "béké"

CARAÏBÉDITIONS

Rien ne laissait penser qu'un jour ils dialogueraient.

Lui l'activiste pourfendeur du néocolonialisme, et lui le béké flanqué derrière sa particule occidentale.

Lui le descendant d'esclavagé militant pour une société plus juste et lui le descendant d'esclavagiste cherchant encore des manettes à bouger.

Lui le poète-philosophe qui cherche à porter sa part de progrès, et lui le chef d'entreprise au front plissé par les tableurs Excel et les courbes de vente.

Lui l'enseignant-chercheur passeur de savoirs, et lui le publicitaire passeur d'idées.

Lui l'homme du peuple et de la rue, et lui l'homme des bureaux climatisés.

Lui le noir, et lui le blanc.

Rien ne laissait penser qu'un jour Steve Gadet et Emmanuel de Reynal décideraient de se parler et de s'écouter. Rien ne laissait penser qu'un jour ils accepteraient de noircir leurs agendas pour se retrouver régulièrement sous l'amandier d'un petit terrain vague de Schœlcher.

Lui le Guadeloupéen, et lui le Martiniquais.

C'était improbable, donc ils l'ont fait. Et voici ce qu'ils se sont dit :

La règle que j'applique depuis toujours est simple : ne regardez pas avec qui je parle, mais écoutez ce que nous disons ; ne regardez pas avec qui je travaille, mais regardez l'ouvrage que nous réalisons.

Jean-François Beaunol, maire de Rivière-Pilote.

Jour 1

Steve Fola GADET: Si nous sommes là aujourd'hui, assis tous les deux sur ce banc, c'est parce que tu as écrit un livre intitulé *Ubuntu*[1] que j'ai lu attentivement.

Tout commence par une critique de ton premier livre. Je lis passionnément et j'aime donner mon avis pour inciter les autres à se faire leur avis. Je me souviens d'avoir partagé cette critique via les réseaux sociaux. Le public a réagi, et une personne en particulier, à ma grande surprise : toi. Avec beaucoup de tact et d'humilité, tu m'as dit que tu avais lu la critique, que tu l'avais trouvée intéressante, pertinente et que... pourquoi ne pas se rencontrer ?

Je me suis dit : « Eh ben dis donc ! Il est ouvert à ce point ? Il m'approche pour que nous puissions simplement nous rencontrer ? » C'est la première pensée qui m'est venue.

1. [*Ubuntu. Ce que je suis...* un essai d'Emmanuel de Reynal sur les identités multiples qui composent chaque être humain, publié aux Éditions L'Harmattan en avril 2020].

Emmanuel de REYNAL: C'est vrai. J'ai vu ton texte dans le magazine *ANTILLA*.[2] Une longue analyse qui ne m'épargnait pas, mais que j'ai trouvée pertinente. Je me suis dit: « Il a pris le temps de lire mon livre, de l'analyser, de le commenter. Il faut que je le rencontre... »

SFG: Ta démarche m'a surpris agréablement. Je me suis dit que pour écrire un tel livre, il fallait quand même – passe-moi l'expression – en avoir! En tant qu'écrivain, je sais ce que c'est que de mettre sa pensée sur papier, je sais ce que ça peut nous attirer comme critiques. Alors j'ai du respect pour la personne qui se dit: « J'ai une réflexion à partager, je la partage tout en restant conscient des risques encourus. » Je trouve ce geste courageux, je l'aime.

Je me suis aussi reconnu dans ta façon de réagir. Il y a un retour vraiment dépassionné, tu as pris les choses avec une grande ouverture et une envie de discuter. Pour ma part, je suis arrivé à cette façon de voir après des années! J'ai appris au fil du temps à ne pas prendre trop à cœur les retours sur ma personne, à faire la différence entre ce que j'exprime et ma personne. J'ai trouvé ta réaction très profonde, très mature.

Une autre chose m'a surpris. Je me suis dit: « Je vais lui donner rendez-vous près de chez moi, pour voir à qui j'ai affaire. » Et quand j'ai vu le naturel avec lequel tu t'es présenté, ne sachant pas forcément dans quel coin tu t'aventurais, j'ai pensé: *« Po! Men... Ah wè misié sérié kwa.* Ah ouais, ce gars est sérieux! *Misié ni on dot vibrasion.* Il dégage une autre vibration. »

2. Voir ANNEXE 1: Critique de l'ouvrage *Ubuntu* par Steve « Fola » GADET.

Et voilà, quelques œillères sont tombées ! Le livre de Claude Beuzelin, un des rares békés à avoir pris la parole en écrivant un livre sur sa vie à la Martinique, avait déjà contribué à balayer quelques-uns de mes préjugés. Il m'avait permis de comprendre qu'il y avait de la diversité parmi les békés. J'avais encore un peu de mal à l'envisager mais en t'approchant, j'ai pu abandonner certaines idées préconçues que je cultivais par ignorance. Certes, je suis conscient qu'une personne ne résume pas sa communauté, même si elle la représente un peu. En bref, je dirai que notre dialogue est vraiment improbable ! Je ne sais pas comment tu as vécu les choses ?

EdR : Oui, je suis conscient que dans nos rapports, il y a un filtre qui est celui des a priori et des clichés. Les clichés sont vivaces. Ils rendent difficile le dialogue entre nous. C'est précisément pour cette raison que j'ai écrit *Ubuntu*. J'ai voulu rompre cette gangue qui nous divise, qui nous prive de liens humains.

Malheureusement, depuis des décennies, la Martinique nous loge dans des boîtes hermétiques qui nous maintiennent à distance les uns des autres et nous obligent à cultiver des sentiments communautaires. C'est navrant. On passe à côté de la vraie vie en nous agenouillant devant ces préceptes-là. C'est d'autant plus navrant que nous vivons dans une île formidable qui offre des perspectives formidables avec des gens formidables. Mais la Martinique est aussi l'île des occasions manquées, celles des belles aventures humaines à portée de main.

Nous oublions que nous sommes simplement des êtres de passage. Nous sommes tous des Homo sapiens. Nous n'avons qu'un petit moment de vie à passer sur cette terre et notre enjeu est de réussir ce passage. Or, nous accordons trop d'importance à des choses qui ne relèvent pas de notre responsabilité. Ma responsabilité à moi, c'est d'abord ma vie présente, et un tout petit peu mon futur. Je veux concentrer mon énergie à bien vivre dans le présent, en harmonie avec mon environnement, sans bien sûr ignorer mon passé. Il faut arrêter de nous réfugier dans les vieux prétextes qui nous empêchent d'entrer en contact avec les autres, d'aller dans le dialogue, d'être dans la vraie vie, quoi !

Mais comprends-moi bien. Je ne veux donner de leçons à personne. Chacun mène sa vie comme il l'entend. En écrivant *Ubuntu*, j'ai mis ma pensée par écrit pour tenter de régler définitivement leur compte aux clichés qui m'encombraient, c'est tout. Et depuis, j'essaie de vivre naturellement dans la logique des rapports humains.

SFG : Cette façon de penser, cette volonté de traverser certaines lignes et de dépasser certains clichés, elle te coûte quelque chose ? A-t-elle fait que tu es incompris sur certains rapports ou est-ce qu'au contraire, tu sens qu'elle est naturellement acquise ?

EdR : Elle ne me coûte pas tant que ça, dès lors que j'ai pris une décision simple : je ne suis pas responsable de ce qui se passe dans la tête des autres. On peut penser ce qu'on veut de moi, je ne veux pas me laisser miner par les regards extérieurs. Car précisément, je crois que le mal martiniquais, ce sont les « représentations ».

Nous vivons en effet dans un théâtre de représentations constantes, un théâtre de clichés, de conventions et de réalités projetées. Et donc, deux solutions s'offrent à nous : soit on se rend esclave de nos représentations, et on se laisse ballotter par ces regards réducteurs, soit on décide de vivre libre sans trop se laisser influencer par les autres. En Martinique, on rencontre des gens beaucoup plus ouverts d'esprit qu'on ne le pense. Les clichés appellent les clichés. La vérité appelle la vérité. D'une certaine manière, les représentations sociales dans lesquelles on s'enferme inconsciemment nous exonèrent de nos propres responsabilités. C'est un piège dans lequel il ne faut pas tomber. Ne cherchons pas chez les autres la responsabilité de nos propres difficultés, et laissons-nous convaincre que nous portons en nous des solutions pour changer les choses.

SFG : J'ai l'impression que les responsabilités sont à chercher tantôt d'un côté tantôt de l'autre. Je n'exclurais pas forcément l'organisation sociale du pays pour trouver des responsabilités. Mais je suis d'accord avec toi, il y a aussi une dimension personnelle.

EdR : La question des représentations sociales est fondamentale. Nous sommes tous victimes de nos représentations. Nous ne voyons souvent le monde que par le prisme de nos représentations, qui ne sont rien d'autre que des fabrications mentales. Et Dieu sait si elles sont puissantes en Martinique ! La difficulté est de faire le tri entre les faits et les idées, entre le réel et nos représentations du réel.

SFG : Est-ce qu'il ne faut pas interroger les deux ? Interroger le monde qui nous entoure et les représentations que nous en avons ? Parce qu'il est aussi fautif, il génère des choses ! Évoquons par exemple l'histoire de la brutalité policière chez nous aux Antilles. Certains épisodes font état de rapports violents entre les forces de gendarmerie et le peuple.

Ces faits engendrent l'image du gendarme blanc, du *babilon kè nou pa ka tjek, nou pa enmé yo*. Du représentant de l'autorité avec qui nous ne fonctionnons pas, que nous n'aimons pas. Comment analyserais-tu ce phénomène ?

EdR: J'essaierais d'abord de factualiser les choses : identifions les épisodes critiques, analysons-les sans passion, et mettons-les en regard de toutes les actions quotidiennes des gendarmes. Je ne pense pas que le rôle de la gendarmerie soit par essence d'asservir, de brutaliser ou d'humilier. Les forces de l'ordre remplissent une mission difficile mais nécessaire. Elles sont exposées parfois à des situations tendues qui hélas peuvent dégénérer, car elles portent en elles la faiblesse des hommes. Posons-nous honnêtement la question : les dérapages que tu évoques relèvent-ils de comportements isolés, ou relèvent-ils de l'essence même de l'institution ?

SFG: J'ai l'impression que nous pouvons aussi chercher de ce côté, même si la brutalité policière ne trouve pas son origine seulement là.

EdR: Et quand il y a dérapage de la part d'un gendarme, essayons d'en comprendre les raisons. Est-ce par haine, est-ce par faiblesse, est-ce par réaction humaine à la provocation ?

Il existe en chaque homme, y compris chez les gendarmes, une part d'ombre et de lumière. Quand Mandela s'est rapproché de son geôlier en ne voyant en lui que sa part de lumière, il a fait un choix. Il a choisi d'établir un dialogue positif, car c'était le moyen le plus efficace de le changer. Là est le message profond de Mandela : chercher d'abord ce qu'il y a de bien chez son interlocuteur, fût-il son ennemi, avant de voir ce qu'il y a de mal. Il le fait non pas seulement par morale mais surtout par pragmatisme, car son but est de transformer l'autre. Au fond, l'amour a objectivement plus de chance de transformer le monde que la haine !

Il faut donc se méfier des amalgames. Ce n'est pas parce qu'un homme porte l'uniforme et qu'il se livre à un acte violent, qu'il faut embarquer toute sa catégorie dans le même sac. C'est ce même raisonnement qui fait dire à certains : les Arabes sont voleurs, les noirs sont fainéants, les juifs sont malhonnêtes... Ces raccourcis sont abominables, car ils effacent les réalités humaines pour les loger dans des clichés. Je me méfie des amalgames, y compris bien sûr quand il s'agit de policiers ou de gendarmes. Et pour finir, je n'ai vraiment pas le sentiment que la Martinique soit sous la férule d'une police violente.

SFG : Non, je n'irais pas jusque-là. Mais quelque chose m'empêcherait d'avoir la même disposition d'esprit que toi, d'exprimer la même ouverture à la bienveillance vis-à-vis de l'institution Gendarmerie – pour rester dans le même exemple. Quand je regarde l'histoire, je remarque à chaque fois des actes perpétrés qui n'ont jamais été punis.

Donc je reconnais que nous ne sommes pas aujourd'hui sous la férule d'une police violente comme aux États-Unis. Nous en sommes loin, Dieu merci ! Mais parfois, sporadiquement, quand ce type d'incident survient, ça me rappelle des épisodes qui ont eu lieu dans les années 1910, 1920, 1930, 1950, 1960. Ces incidents qui reviennent m'évoquent aussi d'autres affaires survenues dans les années 1980. Ça me donne l'impression que nous avons chez nous une institution qui fonctionne un peu dans l'impunité. Même si c'est tous les dix ans, tous les quinze ans, il va y avoir ce choc.

EdR : Quand tu dis : « Les événements n'ont jamais été jugés et punis », est-ce vrai ? Ne passes-tu pas sous silence les milliers d'actions qui, par ailleurs, ont réellement été jugées et punies ? La mémoire est sélective...

SFG : Quand je remonte le cours de l'histoire et que je lis un peu le contexte de certains mouvements, j'ai le sentiment que les actes perpétrés sont graves ! Et je n'ai pas eu vent de procès au cours desquels ils auraient été condamnés. J'ai juste entendu parler de personnes qui quittaient le département. Prenons l'exemple de la fusillade survenue au Diamant après des élections.[3]

Citons aussi l'exemple des grèves sanglantes survenues en Guadeloupe dans les années 1920, en 1952 ou encore dans les années 1960. La fusillade de mai 67 ! Ensuite, ma génération a vécu l'affaire Kéziah.[4]

EdR : Il faut interroger les historiens pour établir les faits et comprendre le rôle de la justice pour chacun de ces épisodes. L'histoire est ainsi faite : des événements tragiques se sont produits tout au long de la vie de l'humanité jusqu'à nos jours. Dans le même temps, la justice n'a cessé d'évoluer, avec ses progrès et ses manquements, car la justice est aussi imparfaite que les hommes qui la font. Mais réjouissons-nous. Il existe chez nous un esprit de justice plus fort que la justice des hommes. Cet esprit nous permet aujourd'hui de nous exprimer, de nous indigner, de dénoncer, de débattre... C'est une liberté précieuse que nous envient la plupart des pays du monde !

---

3. Voir ANNEXE 2 : La guerre du Diamant.

4. Voir ANNEXE 3 : L'affaire Kéziah.

SFG : Tu as raison, j'en suis conscient. Nous sommes le fruit de tout ça. J'essaie d'appuyer ma pensée sur un maximum de faits mais ce n'est pas possible pour tout ! Sur la question des brutalités policières, j'ai lu les travaux d'historiens guadeloupéens : Jean-Pierre Sainton et Raymond Gama notamment. C'est ce qui me rend parfois un peu sceptique. Mais j'essaie d'approcher les choses en analysant la partie systémique et les parcours individuels.

Aux États-Unis par exemple, il n'est pas rare d'entendre des personnes dire : « Cherchons d'abord les failles en nous-mêmes. En fait, tout le monde peut y arriver, avoir les ressources. » La plupart du temps, les personnes qui tiennent ce discours se disent que l'entraide et la solidarité dues aux citoyens par l'organisation sociale ne sont pas toujours garanties !

EdR : Sur ce plan, les États-Unis accusent un retard par rapport à l'Europe. Rappelons-nous qu'il n'y a pas si longtemps, la ségrégation raciale existait encore dans certains États d'Amérique. Et pour reprendre ton terme, il s'agissait bien d'un régime systémique totalement inenvisageable chez nous depuis l'abolition de l'esclavage.

SFG : Mais ne peut-on pas dire qu'il existait tout de même des lignes de démarcation sociale en Martinique ? Elles n'étaient pas régulées par la loi, mais il y avait une loi non dite.

EdR : Notre système politique est favorable à la communion des personnes. Mais il n'a pas empêché des groupes humains de développer des stratégies communautaires qui ont maintenu des clivages sociaux entre eux. Cette organisation ne résulte en aucun cas d'une logique systémique, contrairement aux États-Unis.

SFG : Réflexion faite, il faut reconnaître qu'il y avait aussi un système en Martinique et en Guadeloupe qui régulait les relations raciales. Les lois ont disparu à un moment donné mais elles sont restées inscrites dans nos comportements des deux côtés. Je crois aussi que toute cette question raciale ne peut pas être comprise correctement si on n'y adosse pas la question économique. La question raciale ne va pas sans la question des privilèges qui vont avec sous nos cieux. Le cœur de cette affaire est à chercher dans les avantages que les uns et les autres avaient à tirer de cette organisation. Notre système politique est parfois fait de grands mots qui ne se traduisent pas dans la réalité des gens donc je ne serais pas aussi clément que toi. Les Américains ont institutionnalisé cette séparation communautaire, raciale. Mais je ne suis pas le seul à penser que notre organisation sociale est fondée sur cette distinction. Notre société est née de cette séparation, de cette exploitation des uns par les autres. Les bons sentiments sont une chose mais si l'on regarde certains faits, on réfléchit autrement...

EdR : Notre société martiniquaise est née dans l'inhumanité de l'esclavage. Le racisme est une conséquence de l'esclavage, car il fallait bien justifier devant Dieu que des hommes puissent en asservir d'autres. Il fallait bien démontrer que les noirs étaient inférieurs aux blancs, voire qu'ils ne possédaient pas d'âme. Il a même fallu convoquer la science pour justifier l'existence et l'inégalité des races.

Et pendant plusieurs siècles, des générations d'hommes et de femmes se sont succédé en adoptant cette terrible lecture. Ce qui au départ n'était qu'une construction de l'esprit est devenu une vérité ancrée qu'il s'agit maintenant de déconstruire. C'est là que nos représentations actuelles trouvent leur source. Le paradoxe, c'est que ces représentations sont en contradiction avec les valeurs de la République. Autrement dit, les hommes sont restés prisonniers d'une pensée bloquée alors que le système républicain auquel ils appartiennent a considérablement évolué.

L'infériorisation de la race noire provoquée par l'esclavage a donc des conséquences qui perdurent encore. Elle se prolonge dans les rapports de classes, auxquels s'ajoute une dimension raciale dont il faut se départir.

SFG : La République a légitimé aussi l'exploitation. Ses beaux principes se sont couchés devant les privilèges des uns et des autres et il a fallu des coups de boutoir sérieux et continus pour que ce système tombe. Notre société est bâtie sur les rapports de races et de classes. J'entendais Élie Domota en parler en 2009, j'étais plus jeune. Il disait : « Mais regardez ! Quand le préfet et sa cohorte décident de quitter la table des négociations, nous avons la preuve que notre société est bâtie sur des rapports de classes et de races ! » Les décideurs étaient des personnes blanches. Quand elles sont parties de la table, il ne restait plus que des personnes de couleur, des noirs

EdR : L'esclavage a inventé le racisme, et nous continuons aujourd'hui d'utiliser les mêmes règles du jeu. Celles qui consistent à valider l'existence des races pour mieux organiser les rapports entre elles. Je veux rappeler que le concept de race n'a pas de fondement scientifique. Pourtant, on continue d'en faire un critère-clé pour gérer les organisations sociales. La race est un mensonge. Avant la traite transatlantique, le racisme n'existait pas !

SFG : Ta-Nehisi Coates, l'écrivain noir-américain, dit que la race est l'enfant du racisme. Il y a d'abord la volonté d'assujettir, et pour l'assouvir on crée la race. Mais la race a beau être une fabrication mentale, elle a des implications sur l'organisation sociétale.

EdR : Dès lors nous avons deux options :

1. Valider l'existence des races pour mieux organiser les rapports sociaux. Par exemple en développant des politiques de quotas. Je n'aime pas cette option, car elle conforte l'idée d'un monde en « noir et blanc ».
2. Effacer l'idée de race dans nos représentations sociales pour ne plus voir que des personnes. Cette option est extrêmement exigeante, voire utopique. Pourtant c'est la seule qui vaille.

Car nous sommes tous prisonniers de nos représentations. Nous baignons tous dans un mensonge fabriqué depuis des siècles qui nous empêche d'établir des relations saines entre les personnes. Nous sommes aujourd'hui obsédés par les rapports interethniques qui détruisent les personnalités, et nous perpétuons le mensonge des races. En écrivant *Ubuntu*, j'ai voulu transcender nos différences qui, au fond, ne s'appuient que sur des critères dérisoires (souvent des critères de couleur de peau), pour retrouver notre véritable humanité.

SFG : Je comprends ce que tu veux dire. Mais ton propos m'évoque la réflexion d'une sociologue américaine, Robin Di Angelo. Selon elle, certains blancs peuvent s'offrir le luxe de dire : « Effaçons la question raciale. » Elle dit que tout le monde ne peut pas se le permettre. J'aime sa façon d'aborder les choses. Elle mène un travail sur la diversité au sein des entreprises américaines : un travail de déconstruction du racisme et d'optimisation des rôles dans ces entreprises. Son propos m'a touché parce que ce sont des questions auxquelles je pense quand je vais aux États-Unis. Quand je passe la douane dans mon corps noir ou quand je marche quelque part, j'y pense. Il m'est déjà arrivé d'y penser ici en voyant certains comportements ou par exemple à la fac, en échangeant avec des personnes blanches ou des personnes venues d'ailleurs.

Est-ce que c'est parce que je suis un noir ? Je peux être prisonnier de cette représentation, je te l'accorde : ma femme me le dit parfois. Certains blancs que je côtoie me disent : « Mais moi je ne te vois pas comme si ou comme ça ! Je pense qu'on se rend la vie trop compliquée, on devrait sortir de ça. » Je rencontre des personnes noires qui pensent aussi comme ça, mais ce raisonnement me semble plus fréquent chez les blancs. Pour nous, ce n'est pas toujours possible puisque nous nous heurtons régulièrement à la question raciale. Les temps ont changé mais il est évident que la couleur de peau aux Antilles va avec certains privilèges et certains handicaps selon les milieux. Et je crois qu'il faut comprendre que le corps dans lequel on est nous amène à vivre certaines expériences. On ne peut pas venir et nous dire : « Arrêtez de penser comme ça, c'est simple de faire autrement. » Il faut qu'il y ait les deux pôles. L'organisation sociale ne doit plus justifier ces idées d'un autre temps en même temps que les mœurs des gens évoluent...

EdR : Nous sommes au cœur du débat. Le sujet est fondamental, car il pose la question de la nature humaine : notre nature d'homme n'est pas d'être noir ou blanc.

SFG : Non, c'est sûr ! La sociologue Robin Di Angelo dit aussi que nous sommes tous prisonniers, à un niveau ou à un autre, de certains préjugés, de certaines représentations. Mais selon elle, la manière dont nos parcours sont façonnés – les gens que nous fréquentons, les endroits où nous passons du temps, les produits culturels que nous consommons – peut nous maintenir dans ces représentations.

EdR : Nous sommes dans un cercle vicieux qui nous enferme dans une spirale dont on a du mal à se dépêtrer. Pourtant, il faut s'en sortir. À l'échelle de l'humanité, le racisme est un phénomène récent. Il n'y a donc pas de fatalité à ce qu'il se maintienne éternellement. Même si c'est compliqué, il faut lutter contre nos représentations. Il faut redevenir des Homo Sapiens, tout simplement !

SFG : Je crois que la solution n'est pas aussi simple que tu le dis ! C'est concevable mais difficile d'envisager cette vision des choses dans une société organisée autour de la question raciale. Pour ma part, je continuerai de porter un double regard : systémique et individuel. C'est un peu le propre de la sociologie, chercher à voir le général dans le particulier.

Une autre chose me semble importante à souligner : notre difficulté à dialoguer, à créer des ponts entre personnes différentes, pour ajouter de la nuance dans notre manière d'approcher les choses. Je suis membre d'un parti politique, mais je ne veux pas que ça m'empêche d'aller vers le différent.

D'ailleurs j'ai eu des soucis de ce genre. À l'Église où j'étais, il ne fallait pas aller vers le différent ! Je ne pouvais pas fonctionner comme ça donc ça m'a mis en porte-à-faux. Il m'est aussi arrivé de perdre des relations pour avoir assisté à certaines réunions ! Certaines personnes me disent : « Soit tu fais ceci et ça prouve que tu es vraiment des nôtres, soit tu fais cela et ça veut dire que tu es un traître. » Mais non, je veux avoir plus de nuances que ça ! Maintenant je te rejoins sur un point : c'est une trop grande mission de vouloir être compris des gens. Parler au plus près de nos convictions, c'est déjà pas mal, je trouve !

Il y a autre chose qui m'a surpris chez toi, j'ai senti une forme de spiritualité. Ça m'a surpris, peut-être par rapport à mes représentations. Je me dis : « Les blancs, ici et en France, ne sont pas forcément portés sur la spiritualité. Ils organisent plutôt leur vie en raisonnant. » J'ai grandi avec ces représentations mais en échangeant avec toi, je note ta pondération, ta façon d'être humain sur certains points. Un jour, tu m'as laissé entendre que tu avais une vie spirituelle, ça m'a surpris. Pourquoi es-tu dans cet état d'esprit ? Qu'est-ce qui a fait qu'un jour tu t'es dit ça ? C'est une expérience ?

EdR : La vérité est difficile à cerner. On peut la chercher dans sa propre conscience. On peut la chercher aussi dans la spiritualité. Chacun fait comme il peut. Mais on doit se méfier des emprises extérieures, puisque c'est souvent là que naissent les représentations. Attention à la pensée unique que propose la société. Attention à ne jamais perdre son libre arbitre. Si j'étais resté dans ma convention de pensée, je ne t'aurais jamais appelé, et nous ne nous serions jamais rencontrés. De même que toi, si tu étais resté dans ta convention de pensée, tu n'aurais jamais accepté de me recevoir. Surmonter les conventions est la première étape du dialogue. C'est difficile, car on a tous tendance à nous réfugier dans nos conventions. C'est plus confortable que d'opter pour les chemins inconnus.

SFG : Oui, j'entends ça. Je veux pouvoir traverser les lignes sans pour autant me perdre. Parfois, les gens ont l'impression que s'ils traversent les lignes, ils vont se perdre ou se travestir. J'aime la pensée d'Édouard Glissant sur cette question. Il disait que dans le fait d'aller au contact de l'autre, il y a un double mécanisme. Le contact transforme l'autre autant qu'il me transforme moi-même. Ce n'est pas à sens unique mais sans pour autant perdre ses convictions sur telle ou telle chose. Moi je suis pour ce genre de déplacements. Je te rejoins un peu moins sur ta vision de l'Afrique du Sud. L'histoire de ce pays me paraît trop romancée. J'ai l'impression qu'on déforme un peu certains faits. On sous-estime le temps qu'il a fallu pour envisager le changement. On oublie aussi le cortège de douleurs et d'injustices.

Bon nombre d'entre nous citent en exemple la Commission « Vérité et Réconciliation ». À mon avis, il y a certes de l'inspiration, mais il y a quand même beaucoup de failles. Je refuse de romancer aussi à l'excès le parcours de Nelson Mandela. Souvent, on nous demande de n'avoir de reconnaissance et d'attention que pour ces exemples-là. Ils ont l'air d'être tellement lisses qu'ils sont presque inhumains.

EdR : L'histoire est une putain qui se vend au vainqueur. Elle n'est jamais le reflet absolu de la vérité, surtout quand la mémoire s'en mêle. C'est sans doute vrai aussi pour l'Afrique du Sud, car cette histoire a été puisée dans les émotions de l'époque, et c'est pour cela qu'elle te semble romancée. C'est vrai qu'aujourd'hui, nous nous accrochons à un récit. Mais quel beau récit ! Et ce roman ne doit pas occulter l'extraordinaire vision de quelques hommes hors du commun : Desmond Tutu,

Nelson Mandela et Frederik de Klerk. Ils ont tous les trois tenté une rupture d'une audace folle. L'histoire retient peu le rôle de Frederik de Klerk qui est pourtant magnifique et essentiel. Car il a compris que pour instaurer l'unité d'un peuple, il fallait abandonner le pouvoir et faire confiance à son ennemi de toujours. Il a fait preuve d'un courage exceptionnel. Et c'est la conjonction de trois volontés humaines prêtes à dialoguer et à rompre les conventions sociales qui a réussi à ouvrir une voie nouvelle pour l'Afrique du Sud. Une voie que, dans le même temps, n'a pas empruntée la Rhodésie qui a sombré dans un triste Zimbabwe. Cette histoire, même si elle est parfois romancée, nous fait prendre conscience que la volonté de très peu d'individus peut parvenir à faire bouger des lignes que l'on pensait définitivement oxydées. J'y trouve un formidable message d'espoir, et une grande source d'inspiration personnelle.

SFG : C'est vrai, il y a une part qui commence avec l'humain mais ce n'est pas une solution exclusive parce qu'il y a aussi des rigidités qui sont systémiques et qu'il faut bouger, repenser. Par exemple, ce contact entre Desmond Tutu, Nelson Mandela et Frederik de Klerk, comment se transforme-t-il politiquement ? Par le premier vote libre, le premier suffrage un peu universel. Il n'y a pas que de l'humain. Il y a aussi des réponses institutionnelles. Des changements institutionnels qui sanctifient tout ce processus de rapprochement, de dialogue entre les hommes. Nous devons considérer les rigidités systémiques qui sont bien réelles chez nous.

EdR : Les postures sont une expression caricaturale de nos représentations sociales. Chez nous, en Martinique, le dialogue individuel se passe plutôt bien. À deux, on se dit les choses, et on se livre facilement. Mais le dialogue collectif est beaucoup plus difficile. Dès que nous nous retrouvons face à un public, notre liberté individuelle laisse la place aux postures. Des postures caricaturales qui bloquent notre intelligence, mais qui servent des stratégies de pouvoir.

SFG : Exact, ces postures apportent certains bénéfices ! C'est vrai pour les politiques, et c'est vrai pour d'autres groupes aussi. Ils cultivent ces postures parce qu'ils en tirent un certain nombre de privilèges ! Et quand on en vient à toucher aux intérêts, aux privilèges, certaines crispations s'intensifient.

Jour 2

SFG : Nous n'avons pas pu nous rencontrer la semaine dernière parce que j'étais invité à témoigner au tribunal de Fort-de-France dans le cadre du procès des activistes mis en cause dans les événements de la distillerie JM.[5]

J'ai apprécié le petit message que tu m'as envoyé, la bienveillance que tu y as exprimée. C'est vrai que j'ai pensé à te prévenir mais c'était particulier. C'est la première fois que je faisais ça ! Le premier jour, nous n'avons pas parlé, sauf vers 16 h 30 - 17 heures : ils sont venus chercher un témoin. Le deuxième jour, le matin, les trois autres témoins ont parlé. Moi, j'ai parlé en début d'après-midi.

C'était une expérience intéressante parce que nous avons appris à nous connaître. Il y avait un homme qui n'était pas de ma génération – l'historien martiniquais –, et puis il y avait trois sœurs qui étaient là, qui ont aussi

5. Voir ANNEXE 4 : Procès des manifestants de la Distillerie JM.

leur propre façon de vivre le pays. Nous avons bien discuté, elles m'ont enrichi. J'ai témoigné, j'ai exprimé mon point de vue. Certains moments ont été plus intenses que d'autres. Je me suis dit que j'en parlerais avec toi.

EdR: Tu es intervenu au tribunal parce que tu as participé à la manifestation chez JM ?

SFG: Non, je suis intervenu parce que je pouvais peut-être, selon les avocats de la défense, donner une autre lecture des événements.

EdR: Peux-tu me résumer un peu l'affaire, de ton point de vue ?

SFG: Des activistes sont allés à l'entreprise JM pour trouver un accord avec eux, afin qu'ils enlèvent l'emblème des quatre serpents qui se trouvait sur les bouteilles et qui les gênait. Ils avaient l'habitude de mener ce type d'opérations mais là, les choses ont dégénéré. Il y a eu de la casse, il y a eu un affrontement. Les employés de JM disent avoir été intimidés par les militants au moment où ils se rendaient à la gendarmerie pour porter plainte. Mais quand nous avons regardé les vidéos, même les juges se sont rendu compte que non, les manifestants étaient juste assis. C'est alors que l'un des employés de JM est passé et a tapé le portable de l'un d'entre eux. Les choses ont basculé à partir de ce moment-là. La lecture que j'ai donnée de ce que j'ai compris a été la suivante: « C'est vrai, cet épisode constitue un problème. Mais je crois que ce n'est que le symptôme d'autre chose de plus profond. » Ce que j'ai essayé de dire, c'est qu'on peut traiter le symptôme. On peut condamner les coupables à je ne sais quelle peine, mais il faut aussi s'intéresser à la maladie. Il faut la traiter, sinon d'autres symptômes se présenteront. Sur l'un des points abordés, j'avais une vision un peu différente de celle d'un des prévenus. J'ai accepté d'entendre son opinion parce que contrairement à lui, je n'étais pas incarcéré depuis deux semaines. J'ai essayé de faire valoir mon point de vue mais ensuite je l'ai écouté. Il m'a un peu pris à partie et nous avons parlé. Je me suis dit : « Il faut que j'entende sa vérité brute, la façon dont il voit ça. Que j'aie l'humilité de me taire. » Au final, ils ont été reconnus coupables de... je ne sais pas s'il y avait l'intimidation. Extorsion de signature à JM peut-être, ce genre de choses. Ils n'ont pas écopé d'une peine de prison ferme. C'était dur de les voir, en particulier deux d'entre eux. Tout le monde se disait : « Pour si peu, mais qu'est-ce qu'ils font en prison ? » Même les avocats disaient : « Il existe d'autres manières de sanctionner ces faits. » Il pourrait y avoir un contrôle judiciaire, sachant qu'ils n'avaient pas de casier judiciaire !

Je les ai trouvés très dignes tous les quatre dans leur façon de s'exprimer à la fin, quand on leur a donné la parole. Il y en a un qui était un peu plus brut de décoffrage, mais toujours très digne. J'ai entendu des choses assez vraies, assez poignantes !

EdR : Comment perçois-tu le jugement finalement ? Juste, injuste ?

SFG : Je voulais simplement que leurs corps ne soient plus incarcérés, qu'ils jouissent de leur liberté physique. Après, je n'ai pas d'avis particulier sur les peines qui ont été prononcées. Le tribunal a sûrement pris en compte les responsabilités civiles mais il a entendu les intentions des manifestants. Il y a eu beaucoup d'émotions durant l'audition de certains témoins. Les juges étaient un peu contrits, et les avocats de la défense ont répété à plusieurs reprises que c'était un procès politique.

EdR : Comment as-tu trouvé l'atmosphère du procès lui-même ?

SFG : Je ne l'ai pas trouvée hyper tendue, sauf l'après-midi quand on a su qu'il y avait des échauffourées devant le tribunal. Mais à l'intérieur, les débats ont été la plupart du temps assez sereins, avec plusieurs types de personnes dans la salle. Peut-être que ça a chauffé à un moment donné lorsqu'il y a eu des suspensions de séance, mais globalement l'ambiance a été sereine.

EdR : Tu as vécu là une expérience assez particulière : tu as été confronté à un fait de justice avec, j'imagine, beaucoup d'avis qui se percutaient. Si tu devais en tirer un enseignement supérieur, quel serait-il ?

SFG : Nous devions avoir une réunion avec les quatre prévenus et les témoins, et c'est la question qu'ils m'ont posée. J'ai été impressionné par la lucidité et la dignité des personnes mises en cause. Par leur vivacité d'esprit. Selon moi, c'est une bonne chose que plusieurs générations de Martiniquais aient pu se parler. Pour ma part, j'ai été enrichi en parlant avec des personnes plus âgées qui avaient déjà une certaine expérience.

Ensuite, il y a tout l'aspect politique et controversé de l'action, ce que ça donne dans une cour de justice, ce qu'on pourrait y lire de la Martinique d'aujourd'hui. Ça me semble tellement complexe ! Je ne sais pas, je n'ai pas encore pris le temps d'analyser cet aspect des choses. Seulement, l'expérience de ce procès me conforte dans l'idée que nous devons continuer à traverser les lignes pour nous parler, et parfois même prendre le risque de nos opinions. À l'intérieur du tribunal, j'ai dit des choses. Certaines ont été extraites de leur contexte et publiées dans les médias. Je me suis dit : « Mince, j'ai été plus nuancé que ça ! Comment ça va être pris, tout ça ? »

EdR : As-tu pu discuter en coulisses avec la partie adverse ? Y a-t-il eu des moments d'échanges ?

SFG : Je t'avoue que non. Ni avec leurs avocats. Je ne sais pas s'il y avait des représentants de la société JM ou de l'autre société concernée. Je n'ai pas pu échanger avec eux. J'ai échangé brièvement avec des policiers devant le palais de justice quand je suis allé voir les manifestants qui s'y trouvaient.

En fait, j'essaie de comprendre le sens de l'histoire. J'essaie de comprendre ce qui se passe, j'essaie de comparer avec ce qui s'est passé auparavant. J'ai l'impression que ce sont des gens un peu comme nous, qui ne veulent plus du modèle de société, du système dans lequel nous évoluons. Ils revendiquent un autre modèle. À mon avis, c'est tout l'enjeu de ce procès. Ce ne sont pas seulement des gens qui ont cassé un truc. Mais ils disent : « On veut faire autrement. » Je trouve intéressant d'entendre ça. Après, je milite aussi pour que nous gardions un peu d'humanité dans le cœur ! À un moment donné j'ai parlé de ma relation à la communauté békée. J'ai dit que je faisais la différence entre la mentalité békée et les êtres humains qui composent cette communauté. Certains êtres humains ne partagent pas du tout la mentalité prévalente !

C'est ce discours qui m'a peut-être mis en porte-à-faux. J'ai dit à la cour : « Je vous avoue que je ne fréquente pas des békés. Récemment, j'ai commencé à parler à une personne de cette communauté. Mais je n'ai pas d'interactions. » Nous parlions d'autre chose avant, et l'avocat m'a demandé si je pensais que Bernard Hayot pouvait changer. Comme tu le sais, nous avons un peu de philosophie en nous ! Je me suis dit : « Les êtres humains peuvent changer. C'est un être humain. » Donc j'ai répondu qu'il pouvait changer. Je pense qu'il peut changer, mais je ne vais pas attendre que quelqu'un change pour faire ce que j'ai à faire !

C'est là qu'un des prévenus m'a pris à partie à la fin, me disant : « Mais comment ça ! Tu as de l'espoir que ces gens-là changent ? Regarde, c'est ces gens-là qui font qu'on est comme ça. Ils ont la capacité de me faire mettre en prison ! À 85 ans, tu penses qu'un homme va changer, tu as encore de l'espoir ? Moi je n'ai aucun espoir en ces gens-là ! Je n'ai aucun espoir, je te le dis ! Comment tu fais pour dire ça ? »

Je lui ai dit : « J'entends ce que tu me dis, mais ce n'est pas vraiment ce que j'ai dit. Et moi je suis là, je suis devant toi ! Je SUIS là, ma présence veut tout dire ! »

Boug-la pozé mwen kèsion-la, boug-la mandé mwen es an ka pansé kè boug-la pé chanjé ? L'avocat me pose la question, il me demande si je pense que le gars peut changer ? *Pou mwen sa piti, an di : « Wi an ka pansé i pé chanjé, poukwa pa ! » Mé aparaman sa mal pasé.* Pour moi, c'est carrément de l'ordre du possible, j'ai dit : « Oui, je pense qu'il peut changer, pourquoi pas ? » Mais apparemment ce n'est pas passé. *Donk mwen, kon an té ka di'w, mwen an té la.* Donc moi, comme je te disais, j'étais là.

EdR : As-tu déjà rencontré Bernard Hayot ?

SFG : Non, jamais. C'est une personnalité que je vois à travers les médias, ou que je croise de loin en loin à l'aéroport. Mais je n'ai jamais eu l'occasion d'échanger avec lui. J'imagine que tu en as une opinion différente de celle que nous avons, nous militants activistes qui ne le côtoyons pas ?

EdR : Oui, je le connais un peu, et je ne le reconnais pas dans les caricatures qui en sont faites. Il y a un vrai décalage entre le personnage qu'il incarne et la personne qu'il est réellement. Il illustre bien à mon sens la distance immense qu'il y a entre « représentation » et « réalité ». Bernard Hayot incarne à lui seul toute la dureté du système capitaliste, la domination économique, l'héritage mal acquis... et tous les défauts que l'on veut bien attribuer au monde des affaires post colonial. Mais quand je croise Bernard Hayot, je vois d'abord un homme qui doit assumer d'immenses responsabilités, dont celle de distribuer chaque mois plus de 12 000 bulletins de salaire et de veiller à ce que tous ses collaborateurs se sentent bien dans leur métier. Je vois un patriote martiniquais, qui aurait pu choisir d'installer son siège social à Paris, en Suisse ou au Luxembourg, mais qui a choisi de rester au Lamentin. Je vois un amoureux de la Martinique qui s'occupe de fleurir le bord des routes, d'entretenir les ronds-points, de sauvegarder le patrimoine local, d'aider les artistes-peintres caribéens à vivre de leur talent, d'aider les jeunes Martiniquais à se former, et monter des projets. Je vois quelqu'un de très préoccupé par l'avenir de la Martinique, par sa décroissance démographique, par sa perte d'attractivité. Je vois aussi un homme meurtri par les tensions sociétales et qui multiplie les rencontres discrètes pour comprendre, pour réfléchir, pour agir.

SFG : Mais ce que l'on dit de Bernard Hayot, c'est que s'il est capable de faire autant de choses positives, c'est aussi parce qu'il bénéficie de cet héritage issu d'une position dominante. Ce qu'il fait de bien est à mettre en lien avec son héritage problématique.

EdR: Bernard Hayot a commencé sa carrière professionnelle en vendant des poulets. Contrairement à ce que tu penses, il est parti de peu. Certes, il avait au départ des avantages que d'autres n'avaient pas, mais il a su magnifiquement faire fructifier ses avantages. Il a mis tous ses bénéfices dans la consolidation de ses entreprises, et il les a fait grandir patiemment. Aujourd'hui, ses activités rayonnent sur près de vingt territoires de la planète à travers des dizaines de métiers différents qui offrent plus de 12 000 emplois directs et autant d'emplois indirects. Ce résultat, il le doit d'abord à son travail et à son génie propre. En aucun cas à un quelconque héritage matériel. On l'aime ou on ne l'aime pas, mais on doit lui reconnaître un vrai talent dans la conduite des affaires. D'une certaine manière, Bernard Hayot est à l'entreprise ce qu'Aimé Césaire est à la littérature. Et j'ose dire que ces deux personnages sont deux géants de Martinique qui méritent chacun un minimum de considération.

SFG: C'est particulier comme comparaison! (*Sourire*). Bernard Hayot a peut-être commencé avec peu mais être un béké en Martinique à l'époque où il commence, personne ne me dira que ça n'allait pas avec certains contacts, certains privilèges, donc je n'ai pas envie de l'applaudir pour les fleurs sur la route et les salaires qu'il paye. Les gens méritent leur salaire, ils ont signé un contrat. Ce n'est pas sa bonté seulement qui est en action ici. C'est une bonne chose en soi mais qu'on ne me mette pas ça sous les yeux en me disant qu'il ne génère que des choses constructives au pays. Je lui reconnais son sens des affaires qui est indéniable. Qu'on ne me demande pas d'avoir de la déférence parce que c'est le plus gros employeur du pays. Je ne sais rien d'autre de ce qu'il fait et je n'attends rien de particulier. Je serais peut-être curieux de connaître son avis sur la question raciale au pays.

EdR: Je fais un reproche à Bernard Hayot: celui de cultiver le silence. Je sais bien que c'est quelqu'un de discret qui n'aime pas les caméras. Mais quand on occupe une telle place dans la société, on a un devoir de communication. Son silence est interprété comme de l'indifférence, du mépris, et parfois même de la culpabilité. En se taisant, Bernard Hayot laisse enfler tous les fantasmes, et laisse prospérer les contre-vérités. À mon sens, il a tort de se taire. Il devrait parler, dire ce qu'il pense, dire ce qu'il fait, partager sa vision du pays et proposer des analyses. Il devrait participer au débat public. Mais il pèche par excès de pudeur. « Le bruit ne fait pas de bien, le bien ne fait pas de bruit », aime-t-il répéter souvent dans l'intimité. Un beau mantra, certes, mais dont les conséquences sont désastreuses. Car c'est bien ce silence qui alimente le terrible écart entre la réalité de Bernard Hayot, et les représentations qu'en ont les observateurs.

SFG: Tu es assez lucide sur la question! C'est ce que j'entends, et c'est aussi la façon dont je le perçois. En fait, je fais bien la différence entre les qualités de l'homme et le rôle de l'homme dans le système qui ne nous satisfait pas. J'essaie de faire cette nuance. Mais la façon dont tu en parles, ça donne un peu plus de consistance au personnage. Je n'irai pas jusqu'à dire que j'aurais aimé le rencontrer, mais en entendre parler de cette façon, ça l'humanise, je trouve.

EdR : Bernard Hayot joue un rôle économique majeur en Martinique, dans un système qu'il n'a pas choisi et qui s'impose à nous tous. C'est un important chef d'entreprise qui domine plusieurs secteurs d'activité dans les territoires d'Outre-mer et qui emploie de nombreuses personnes. Il est conscient des responsabilités particulières que ce poids lui impose. Et c'est pour ça qu'il s'investit autant dans les actions de bien commun, en matière environnementale, en matière artistique et patrimoniale, ou encore en soutenant des centaines de projets associatifs.

SFG : Je serais curieux de connaître son impact politique tout au long de ces soixante dernières années. Son génie économique a-t-il pu avoir un impact politique qui nourrit finalement chez les gens une forme de méfiance, ou une forme de rancœur ?

EdR : Il aurait pu faire d'autres choix. Il aurait pu décider de larguer les amarres et de profiter en égoïste de sa fortune, loin des lazzis. Il a les moyens d'installer sa vie partout ailleurs sur la planète, et de ne plus entendre les attaques qu'il subit chaque jour. Il aurait pu... mais il a choisi de rester ici, de continuer à œuvrer pour son pays qu'il aime par-dessus tout. Bernard Hayot a une estime profonde pour Aimé Césaire, qui le lui rendait bien d'ailleurs. Les deux hommes s'appréciaient. Je pense même qu'ils ont entretenu tous les deux une relation d'amitié sincère. Quand ils ont décidé de planter ensemble l'arbre du courbaril à l'Habitation Clément, ils ont voulu, par ce geste, exprimer la symbolique de l'unité. Cette symbolique est présente dans la feuille même du courbaril, une feuille bi-foliaire dont les deux parties qui semblent distinctes au premier regard ne constituent en réalité qu'une seule et même feuille. Je t'invite à relire le discours qu'Aimé Césaire a prononcé ce jour-là. C'est un discours puissant qui résume à mon sens la relation intime qui existait entre les deux hommes.[6]

SFG : Je sais qu'il y a eu l'épisode du courbaril, des reproches ont d'ailleurs été adressés à Aimé Césaire à ce sujet. Je serais curieux de savoir ce qu'ils échangeaient, sur quoi ils se rejoignaient, l'homme politique et le géant du monde économique.

Que réponds-tu à ceux qui opposent à ce geste du courbaril la notion selon laquelle « on ne peut pas parler de réconciliation si on ne passe pas d'abord par des formes de réparation » ? C'est ce que j'entends dans les milieux militants : Raphaël Confiant a reproché à Maurice Antiste et à Aimé Césaire leurs positions sur la question.

EdR : « L'irréparable n'est pas réparable », disait Césaire. De tous temps, l'histoire a cassé des vies. Nous héritons tous d'une histoire violente dont nous faisons le procès permanent. Nous jugeons les faits du passé avec les lunettes du présent, et nous demandons aux communautés d'aujourd'hui d'endosser des habits de coupables pour que l'on puisse exiger d'elles qu'elles réparent. Mais derrière ces communautés, il n'y a que des personnes qui, de bonne foi, ne sont coupables de rien. Des personnes dont le seul tort a été de naître dans un système qu'elles n'ont pas choisi et qui, malgré leurs éventuelles vertus, doivent assumer les crimes du passé. Ces personnes n'ont rien cassé, mais on leur demande de réparer. On leur demande de porter sur

6. Voir ANNEXE 5 : Aimé Césaire, Bernard Hayot et le courbaril.

leurs épaules des crimes et des turpitudes qu'elles, en tant que personnes, n'ont pas commis.

SFG: Ces questions ont été débattues dans d'autres pays et nous pouvons justement apprendre de ces expériences. Lorsque je lis sur la façon dont ces questions sont abordées dans des sociétés qui ont été déchirées par des conflits humains, la porte d'entrée, ce n'est pas simplement les personnes. Aux États-Unis, certaines formes de réparations sont en place. Si par exemple on arrive à prouver qu'une entreprise a bénéficié de la traite négrière ou de l'esclavage – si on parvient à établir grâce à ses registres que ses bénéfices ou ses capitaux ont un lien avec la traite négrière ou l'esclavage –, elle doit d'abord le rendre public. Cette déclaration publique en général ne peut pas rester en l'état donc pour sa propre image, l'entreprise s'engage à allouer des bourses, ou à mettre en place une forme de réparation financière. Je trouve ça intelligent. L'argent qui a été fait avec l'esclavage ne s'est pas évaporé comme de l'éther. En suivant les capitaux, cela permet de mieux comprendre la continuité entre l'avant et après esclavage. Ceci dit, pour moi, ce n'est pas qu'une vulgaire question pécuniaire. Dans mon *Discours sur le néocolonialisme*[7], je dis à Aimé Césaire : « Un jour, tu as dit qu'on ne peut pas réparer l'irréparable. Et depuis, quand je discute avec des gens de cette question, ils me sortent ça ! »

EdR: Mais peut-être faudrait-il parler de « vérité », avant de parler de réconciliation et de réparation ? Commençons en effet par faire émerger la vérité sur les grandes questions d'héritage. Combien d'entreprises

---

7. Éditions Café Noir, 2018

martiniquaises d'aujourd'hui sont reliées à la période de l'esclavage ? À ma connaissance, aucune. Les entreprises sont des organismes fragiles qui naissent, qui se développent et qui meurent. Les années qui ont suivi l'abolition de l'esclavage ont été marquées par des faillites retentissantes. Les cartes économiques ont été entièrement rebattues au profit des capitaux français qui ont alimenté la révolution de la vapeur en finançant les usines centrales. Les propriétés ont changé de main des dizaines de fois. Les distilleries ont changé de propriétaires, et de nouveaux acteurs sont apparus. Je souhaite qu'une étude sérieuse sur l'évolution du foncier en Martinique depuis 1848 soit réalisée, pourquoi pas sous l'égide de l'Université des Antilles ? Cette étude pourrait également faire la lumière sur la réalité des mouvements capitalistiques depuis le XIXe siècle. Elle serait utile pour nourrir les débats sur la réparation.

SFG : Les terres ont changé de mains entre qui et qui ?

EdR : Elles ont changé de mains entre Martiniquais békés et non békés, entre Français de l'Hexagone, parfois même entre étrangers... Prenons l'exemple de Bernard Hayot : les terres qu'il possède au François appartenaient à la famille Clément. Homère Clément était un mulâtre, fondateur de la distillerie qui produit aujourd'hui le rhum qui porte son nom. Il avait racheté aux enchères la plantation en 1887 après qu'elle a été saisie par le Crédit Foncier. En 1986, Bernard Hayot a acquis ces terres en toute légalité en les achetant aux héritiers de la famille Clément. Des exemples comme celui-ci, il y en a des centaines...[8]

---

8. Voir ANNEXE 6 : Histoire de la rhumerie Clément.

En fait, la réalité est beaucoup plus nuancée et beaucoup plus complexe que les clichés qui circulent. Ma propre famille par exemple ne possède aucune terre. Ni mes frères et sœurs, ni mes parents n'ont hérité d'aucune entreprise. Mon père a gagné sa vie en soignant les malades. Et moi j'ai gagné la mienne comme salarié d'une entreprise dans laquelle j'ai investi mes économies. Je n'ai hérité que d'un nom.

SFG: J'entends les nuances que tu apportes. J'entends bien qu'il est difficile d'établir pour certains noms, à partir des registres, des liens directs en termes d'héritages légués. Mais je crois qu'il existe un autre héritage plus subtil. C'est une condition, une façon d'être en Martinique, à certains moments, qui permet de faire certaines choses, ou qui ne le permet pas. Je ne pense pas aux individus, je pense d'abord à un système. Je suis constamment en train d'essayer de ne pas me laisser noyer dans l'aspect individuel, et de trouver le système. Je ne dis pas que ces individus portent une culpabilité. Je dis que nous évoluons dans un système qui a permis à certaines personnes de s'enrichir, de se lancer, et de bénéficier d'une autre position en Martinique. Je crois qu'il ne faut pas tuer la réflexion dans l'œuf. Parce que nous sommes aujourd'hui le résultat d'une façon d'être avant, nous héritons d'un système. Donc j'essaie, comme toi, de démêler un peu les fils en ajoutant un peu de nuances. Tu m'apportes des éléments dont je n'avais pas connaissance. Mais je refuse de prendre en compte des situations individuelles et d'ignorer le système.

EdR: L'esclavage relève avant tout d'un système d'État. Le crime de l'esclavage est bien inscrit au cœur d'un système qui a codifié les rapports humains pour servir des objectifs économiques et politiques. Ce même État qui a instauré l'esclavage en est sorti, en accordant la citoyenneté à tout le monde et en leur apportant les valeurs de la République. En 1848, l'État a apporté la Liberté. En 1946 il a apporté l'Égalité. Il lui reste à entériner la Fraternité. Mais peut-être que toi et moi, nous sommes là pour ça ? Bien sûr, cet héritage républicain est imparfait, et contient des failles. Mais on peut aussi considérer que tous ces efforts d'État pour tendre vers l'unité républicaine (la départementalisation, l'alignement des droits sociaux, la solidarité nationale en matière de santé, d'éducation...) procèdent concrètement d'une logique de réparation.

SFG : Il y a une première réparation pour moi qui commence avec nous-mêmes ! Se réparer soi, réparer notre mémoire. Ce n'est pas seulement une question de réparation financière, mais il s'agit de prendre le temps de penser : « Comment ce système de domination a-t-il permis de dégager des capitaux, que ça soit pour l'État français ou pour des fortunes privées ? » Prendre le temps de réfléchir à ça, et savoir comment dédommager les personnes qui, elles, n'ont jamais pu épargner, n'ont jamais pu faire quoi que ce soit.

EdR : J'entends toutes les souffrances. Ce que je n'entends pas, c'est l'équation impossible dans laquelle le débat sur les réparations nous enferme. Car même en prenant de la distance, même en prenant toutes les précautions d'approche, ce débat finit par opposer des victimes et des coupables. Il nous ramène insidieusement dans la logique des personnes... Et je me retrouve alors dans l'obligation d'endosser les habits du coupable. Coupable que je ne suis pas ! La communication est alors bloquée. D'un côté, il y a une vraie souffrance. De l'autre, il y a l'obligation perçue d'endosser le rôle du coupable. C'est difficile de dialoguer sur ces mauvaises bases.

SFG : Tu parles de souffrance et moi non. Je parle de demandes populaires, de demandes raisonnées et argumentées ! Ton propos me rappelle un reportage que j'ai vu à la télé. Un homme, un béké, s'était emporté face à des journalistes anglais venus enquêter en Martinique. Lorsqu'ils ont commencé à parler de la réparation, il leur a dit : « Mais c'est grossier ! » À un moment de l'interview, il s'exclama : « Mais comment ça ? Regardez mon fils, là, qui vient de naître, il a à peine 2 ans. Vous voulez dire qu'il est coupable, lui ? » J'ai entendu cette intégrité touchée, il était indigné. Je ne pointe pas du doigt les individus. Mais je veux voir quelles réflexions peuvent être menées sur le système en place, que ça soit au niveau étatique ou sur la question des fortunes générées. Sans entrer dans une chasse aux sorcières comme ça s'est passé au Zimbabwe ![9]

EdR : Pour réussir ce débat sur la réparation, il faudrait sortir de nos représentations respectives et parvenir à l'unité martiniquaise. C'est sans doute utopique et pourtant nécessaire ! Il faudrait effacer les camps. Quand il y a des camps, il y a toujours des méchants et des gentils, et la communication se bloque. Pour effacer les camps, il faudrait établir les conditions du dialogue... Voilà le grand chantier.

---

9. Voir ANNEXE 7 : Le président Robert Mugabe dépossède les fermiers blancs.

Jour 3

EdR: Alors, quels ont été les faits marquants de ta semaine ?

SFG : Nous avons vécu une soirée vidéo en famille. Ça m'a marqué parce que ça m'a permis de remonter loin dans le temps. Nous étions tous détendus, nous rigolions, nous avons revu la naissance de nos filles. C'était un bon moment. D'autre part, hier je suis allé à la gendarmerie du Gros-Morne parce qu'un de mes amis y avait été convoqué. Je m'y suis rendu avec un autre de mes amis, nous sommes montés pour le soutenir, juste pour être là. C'était hier. Nous étions une dizaine en tout. On ne l'a pas gardé longtemps, il est ressorti. Nous avons pris le temps de lui demander comment s'était déroulée la convocation.

EdR : Il avait été convoqué dans le cadre d'actions militantes ?

SFG : Oui, exactement. Sur la convocation, il y avait écrit « dégradations ».

EdR : Tu étais donc là en solidarité amicale ?

SFG : Oui, nous sommes montés pour qu'il sente qu'il y avait du monde avec lui, peu importe ce qui se passait. Qu'il sache qu'il a une famille ! Ensuite, nous sommes repartis très sereinement. Et toi, quels ont été les faits marquants de ta semaine ?

EdR : Tout comme toi, j'ai profité de ma famille pendant ce long week-end de Pâques. Nous nous sommes promenés au Zoo du Carbet avec les enfants, nous avons été à la plage du Diamant, nous avons partagé un matoutou à la maison... Bref, nous avons enchaîné les petits plaisirs de famille qui sont à mon sens les vrais plaisirs de la vie.

SFG : Ah oui, les plaisirs du pays !

EdR : Et puis là, je sors tout juste d'une réunion de travail sur le projet « 36 heures pour demain ! » initié par le professeur Aimé Charles-Nicolas. Comme tu le sais peut-être, je suis très impliqué dans ce projet.

SFG : Je ne savais pas à quel point, mais tu me le confirmes ?

EdR : Oui. J'ai eu la chance de rencontrer le professeur Aimé Charles-Nicolas pour échanger avec lui autour du livre qu'il a publié au lendemain de son grand colloque sur « Les conséquences de l'esclavage dans les populations des Antilles-Guyane » ; j'avais notamment été interpellé par le concept d'épigénétique qu'il y développait pour donner une explication scientifique aux comportements des populations d'aujourd'hui. Selon cette théorie, les gènes antillais auraient été marqués par le traumatisme de l'esclavage, et les effets de ce traumatisme auraient été transmis aux générations suivantes, jusqu'à nos jours. Un tel concept m'effrayait, car si les gènes étaient modifiés, cela signifiait à mes yeux que tous les efforts entrepris pour apaiser la société étaient vains. Quels que soient les efforts des uns et des autres, il y aurait toujours d'un côté des victimes et de l'autre des bourreaux, avec leurs caractéristiques inscrites « éternellement » dans leurs gènes. Ce déterminisme me désespérait, et je m'en suis confié au professeur, qui, très vite, m'a rassuré. Il m'a confirmé qu'il n'y avait en réalité aucun déterminisme, et que les souffrances issues de l'esclavage pouvaient être soignées rapidement. Il m'a proposé d'y réfléchir avec lui, et d'ouvrir cette réflexion à des cercles incluant des békés. C'est ainsi que sont nées nos premières rencontres « autour d'un punch », des rencontres entre békés et non-békés, co-animées par le professeur et moi-même, pour réfléchir en profondeur sur notre société, sur ses traumatismes et sur des pistes de solutions.

SFG : Ça remonte à quand ?

EdR : À trois ans environ. Ces rencontres se déroulent dans un cadre volontairement convivial, amical même, aux domiciles des différents participants. Elles ont lieu tous les mois, et regroupent aujourd'hui une trentaine de personnes. Ces réunions sont très riches car elles nous permettent de nous exprimer librement et en confiance sur des sujets que l'on a tendance à éviter normalement.

SFG : Que te procurent ces moments ?

EdR : Beaucoup de plaisir d'abord, car au fil du temps nous avons appris à nous apprécier mutuellement. Mais il en ressort aussi des idées et des projets concrets. C'est dans ce cadre que sont nés trois projets importants à nos yeux :

1. Le projet des « 36 heures pour demain ! » porté par le professeur Aimé Charles-Nicolas en lien avec l'Unesco. Un programme ambitieux qui consiste à mobiliser la population martiniquaise pour qu'elle dessine le futur du pays. Il s'agit concrètement d'organiser ensemble des ateliers prospectifs pour imaginer des projets d'avenir. C'est un travail passionnant de co-construction populaire dont le point d'orgue est un vaste brainstorming de 36 heures non-stop.[10]

2. Le deuxième projet s'intitule « Vérité et Conciliation ». Il est porté par l'association Tous Créoles que co-président aujourd'hui Gérard Dorwling-Carter et mon épouse Dorothée de Reynal. L'idée est d'organiser un cycle de conférences sur les sujets sensibles de notre histoire, permettant d'ouvrir un nouvel espace de débat et de dialogue entre participants. La première conférence a été animée par Aimé Charles-Nicolas lui-même. Elle a rencontré un vif succès. On a même dû refouler du monde...

3. Le troisième projet n'est pas encore abouti. Il consiste à rétablir les conditions d'un vrai dialogue sociétal, en vue de nous permettre de dépasser nos représentations respectives, et peut-être de nous accorder enfin sur une vision commune de la Martinique. Nous sommes en contact avec des

10. Voir ANNEXE 8 : « Martinique : 36 heures pour demain ! ».

cabinets d'experts qui nous accompagnent dans la réflexion, et nous sommes en train d'évaluer les meilleures approches. Mais le sujet est sensible, et particulièrement complexe...

SFG : J'applaudis ce volontarisme, je pense que c'est la philosophie qui t'anime globalement : traverser les lignes. Je le disais dernièrement à l'un de mes amis. Je trouve qu'il faut respecter ça ! Ton épouse et toi auriez pu faire autre chose de votre temps, de votre vie. Mais vous vous mouillez par conviction, vous prenez des risques – le risque de vos opinions – quitte à vous mettre à dos des personnes de votre entourage.

EdR : Bouger les lignes, c'est sortir de sa zone de confort.

SFG : Pour moi, c'est un rôle de bâtisseur.

EdR : Mais c'est ce que tu fais, ne serait-ce qu'en acceptant de me parler. Je suis conscient que tu prends aussi des risques !

SFG : Oui ! Je peux me mettre du monde à dos.

EdR : Je ne sais pas si nous publierons un jour nos échanges. Mais si nous le faisons, ça sera, je trouve, un acte d'une grande audace !

SFG : Moi aussi je le pense. Ah oui !

EdR : D'une très grande audace ! Et cet acte va te valoir des critiques violentes. Je comprendrais que tu recules à un moment donné. Mais d'un autre côté, reculer, c'est entériner cette violence.

SFG : C'est ça !

EdR : Nous ne pouvons pas entériner cette violence. Ce ne serait pas acceptable pour nos enfants.

SFG : Nous sommes d'accord.

EdR : Ce qui m'anime, ce n'est pas moi ! Ma vie, elle est derrière moi. Mais je ne veux pas laisser à mes enfants un pays dans cet état.

SFG : Nous sommes d'accord. Moi je veux conserver ma liberté. Maintenant, je sais que je ne pourrai jamais tout expliquer à tout le monde ni être compris de tout le monde. J'ai fait le deuil de ça ! Mais je chéris ma liberté qui me pousse à aller autant d'un côté que de l'autre. Et je ne veux pas vivre comme si je suis éternel. Je sais que nous passons juste un moment sur terre (Eugène l'a si bien chanté) donc si je sens que c'est le chemin à emprunter, je l'emprunte. Un rappeur que j'aime beaucoup, Notorious B.I.G, dit dans l'un de ses sons : « *If you feel it in your heart, do it.* Si tu sens au fond de ton cœur que c'est le bon chemin, vas-y. » C'est ce que je sens. Mais je suis conscient, comme toi, que notre démarche est d'une grande audace, et qu'elle me vaudra la porte fermée dans certains cercles ! Seulement je dirai que je suis un peu habitué à ces situations. Je sais maintenant sur qui je peux compter dans ma vie. Dès que ma relation avec ces personnes est sauve, je peux y aller, je suis habitué.

Je crois que si nous voulons progresser dans notre faire-ensemble, dans notre bâtir-ensemble, dans notre vivre-ensemble, nous devons essayer des choses qui n'ont pas été faites ! Donc ça me semble pertinent. Comme tu dis, nous devons entendre les critiques. Dans la critique, il y a quelque chose qui est dit. Nous ne pouvons pas faire l'économie de ce débat, de cet aller-retour. Mais je te rejoins sur le fait qu'il faille faire autre chose. Quelque chose qui n'a pas été fait encore. Cette autre chose peut aussi risquer d'en heurter certains. Seulement, il y a du bon qui en sort ! Tant que nous ne sommes pas à couteaux tirés, qu'il n'y a pas de violence, il y a du bon, il faut pousser ! Tu sais, je suis assez frappé par un aspect de ta personnalité. Ta pondération, le fait que tu sois si posé. Tu as une spiritualité particulière ? Comment est-ce que tu cultives cette pondération ?

EdR: (*Rire*) Peut-être que c'est la pratique des arts martiaux?

SFG : Ah ! Il y a ça, les arts martiaux ?

EdR : Oui. (*Sourire*) Mais c'est compliqué de parler de soi. Je ne pense pas être quelqu'un d'exceptionnel, loin de là. Je pense que dans le dialogue, il y a « dire » et il y a « écouter ». Nous souffrons, en Martinique, d'un grand défaut d'écoute. Mercredi dernier, tu as abordé le sujet de la réparation ; je me rends compte qu'il s'agit d'un sujet que l'on ne sait pas toujours écouter.

SFG : Pourquoi tu dis ça ?

EdR : Je me rends compte que dès que l'on aborde ce genre de sujet, les positions se crispent instantanément, et donc l'écoute s'arrête. Résultat, on bloque des situations.

SFG : Oui. Je me suis rendu compte effectivement que c'est un moment qui a amené de l'émotion, qui a amené un petit peu plus de tension, mais toujours dans la bienveillance et en exprimant ce que nous avions à exprimer. J'ai senti la raideur, mais j'ai trouvé ça bien. Ça veut dire que nous ne sommes pas en train de faire semblant ! Nous y allons vraiment, nous nous parlons. Mais tu as une capacité d'écoute que je trouve agréable.

On sent que tu es très posé. Peut-être effectivement que les arts martiaux aident à ça. Après, certaines personnes ont une énergie un peu moins posée, quoi. On me fait parfois la remarque, à moi aussi.

EdR : En effet, je peux te faire exactement la même remarque. Tu as une grande capacité d'écoute et tu es posé, franchement ! Je pense que nous nous accordons bien à ce niveau-là. C'est rare de trouver quelqu'un qui accepte comme ça, tous les mercredis, de passer une heure avec une autre personne pour discuter de ces choses.

SFG : J'ai l'impression que nous sommes en train de faire quelque chose d'important. Quelque chose qui me fait un peu peur parfois mais au-delà de mes craintes, je me dis : « Oui, je saisis ce qui se passe là. » Ce temps passé ensemble, ce que nous sommes en train de vivre, ce que nous représentons malgré nous, ça me semble important, c'est pour ça que j'ai décidé de le faire. J'imagine aussi tous les grands qui nous inspirent, les grandes voix – hommes ou femmes. Je crois qu'ils sont passés par ces moments ordinaires pour concevoir les projets que nous lisons d'eux maintenant. Je pense qu'ils ont aussi connu ce couloir de l'incertitude. Ils ont aussi connu le rejet et les critiques pour leurs positions ou leurs démarches. Quand tu lis leurs mémoires, cela confirme ce processus. Je me dis : « Pourquoi ne pas essayer aujourd'hui, dans notre modernité, de fouiller cette terre, de voir quel chemin nous pouvons inventer ? » Déjà, faire tomber quelques barrières : chez moi, chez toi. Nuancer nos avis ! La première fois que j'en ai parlé, c'était au tribunal ! Ce procès aurait eu lieu avant notre rencontre, j'aurais pu en parler mais sans aucune connexion humaine. J'aurais juste pu évoquer ce que j'avais lu au sujet des békés, les représentations que j'en avais. Mais là je trouve que nos échanges me donnent une autre lecture du pays, une autre lecture de ce qu'il est possible de faire.

EdR : Et j'irais peut-être plus loin encore. C'est ce que j'ai voulu écrire dans *Ubuntu*. Le fait de l'avoir écrit, ça m'oblige à m'accorder avec moi-même. Tu as dû ressentir ça, je pense ? Quand tu écris des choses...

SFG : Oui !

EdR : ... tu ne peux plus tricher !

SFG : Pour moi, il y a matière à débat. Mais je comprends ce que tu veux dire. En anglais, ils disent : « *Live up to it.* Vis à la hauteur de tes convictions. »

EdR : Ce dialogue, on peut aussi l'entreprendre pour s'enrichir soi-même dans une démarche quasi-égoïste. Car c'est bien dans le lien aux autres que l'on enrichit sa propre personnalité. L'identité de la relation dont parlait Édouard Glissant est sans doute ce que nous devons construire. Cette recherche identitaire là peut devenir un projet personnel qui ferait du bien à la société. Je crois sincèrement aux bénéfices que l'on retire des liens que l'on établit avec les autres. C'est d'ailleurs ce que j'ai écrit dans *Ubuntu*. Je regrette que trop de cercles se ferment, que trop de Martiniquais se privent d'échanges et refusent encore de se nourrir des relations avec des personnes différentes. Je pense qu'en s'enfermant ainsi, ils s'appauvrissent humainement.

SFG : Je comprends ce que tu veux dire mais tu sais, la différence crée parfois chez nous, chez l'être humain, un malaise. Tu l'as sûrement déjà vécu, moi aussi je l'ai déjà vécu. Ça crée un malaise mais il nous faut dépasser ce malaise. Une fois que tu le dépasses, tu trouves peut-être autre chose derrière. Je peux comprendre ça.

Je voulais te parler de quelque chose. J'ai lu cette semaine dans *ANTILLA* l'interview du maire de Rivière-Pilote, Jean-François Beaunol. J'ai trouvé son franc-parler vraiment remarquable ! Il a dit une chose qui m'a fait penser à ce que nous faisons là, toi et moi, à notre Dialogue improbable. La devise de M. Beaunol consiste à dire : « *Pa gadé èvè ki moun an ka palé, mé éséyé vwè ka nou ka di !* Ne regarde pas avec qui je parle, mais regarde ce que nous disons ! » Je me suis dit : « Waouh ! » Bingo ! C'est ça : certaines personnes peuvent s'arrêter sur « qui est qui ? », etc. Mais non, il faut regarder aussi ce que nous faisons. Il faut regarder le contenu, ce que nous sommes en train de nous dire. Ça m'a fait penser au dialogue, quoi.[11]

EdR : Une parole forte, en effet, qui renvoie aux procès en illégitimité qui nous sont faits en permanence.

SFG : Comment ça ?

EdR : Selon notre appartenance socio-ethnique, il y a en Martinique des sujets que nous ne pouvons pas traiter publiquement, voire des mots que nous ne pouvons pas prononcer ! C'est ce que j'appelle le procès en illégitimité. J'ai personnellement été confronté à plusieurs reprises à un blogueur pimenté, que tu connais bien, qui ne supporte pas que j'aborde certains thèmes, et qui me conteste le droit de m'exprimer. Lors d'un échange

---

11. Déclaration de Jean-François Beaunol, maire de Rivière-Pilote, dans le magazine *ANTILLA* n°1964 du 25 mars 2021, page 9 : « La règle que j'applique depuis toujours est simple : ne regardez pas avec qui je parle, mais écoutez ce que nous disons ; ne regardez pas avec qui je travaille, mais regardez l'ouvrage que nous réalisons. ».

téléphonique, il m'a même indiqué un lexique de mots que ma bouche n'a pas le droit de prononcer, parmi lesquels le mot « violence ». Il m'a expliqué que ce terme trouve sa racine dans le viol, et qu'en tant que béké coupable du « viol initial », ce mot m'est interdit. J'ai trouvé cet échange d'une violence (pardon) terrible, car il synthétise à lui seul les dérives extrêmes qu'entraînent les représentations. C'est l'idée sous-jacente qui rejoint en creux ce que disait le maire de Rivière-Pilote : il y a ce que tu dis, mais il y a aussi qui le dit.

SFG : En communication, le choix des mots constitue une base essentielle ! En fonction des sujets que nous abordons, nous devons constamment nous demander quels mots utiliser. C'est assez complexe comme exercice.

EdR : Oui, c'est compliqué. Je comprends que certaines blessures peuvent être provoquées parce qu'on ne maîtrise pas toujours les bons codes. On dit des choses qu'on ne devrait peut-être pas dire et qui sont mal perçues parce qu'elles viennent de nous. Ma liberté, c'est une liberté d'homme, d'Homo sapiens. Mais quand je dis ça, je suis bien conscient qu'il y a une grande part d'utopie et une grande part d'impossible aussi. Il y a une réalité sociologique, une réalité sociétale qui s'impose à nous.

SFG : Oui. Il y a une réalité systémique aussi qui est là.

EdR : La réalité systémique, c'est ce que tu évoques depuis le début ! C'est amusant, depuis qu'on a commencé à parler, on retrouve toujours ce point de navigation dans nos discussions.

SFG : Oui. Et pourtant, moi j'aimerais qu'on parle aussi de sujets plus légers ! C'est pour ça que je t'ai parlé de spiritualité, pour voir d'où te venait ta pondération.

Pour moi, notre dialogue ne doit pas s'articuler seulement autour de ces questions sociétales. Si ça se trouve, en prenant des *chimen chien* comme on dit, des chemins de traverse, on se découvre autrement.

EdR : C'est vrai, il y a aussi nos parcours de vie. L'enfance, l'école, le lycée… Toutes ces étapes nous construisent. Où ? En interaction avec qui ? Dans quel milieu ? C'est intéressant de faire ces récits de vie aussi pour…

SFG : Ça te permet de voir de quoi la personne est faite ?

EdR : Oui !

SFG : Mais j'allais te demander : toi, quels sont les écrits qui t'ont le plus marqué, les penseurs qui t'ont le plus marqué ? Je sais qu'Édouard Glissant en fait partie parce que sa pensée revient souvent dans ton discours, les notions et les concepts qu'il a apportés. Quels sont les autres penseurs ou penseuses qui t'ont marqué ?

EdR : Je suis un imposteur parce que je ne suis pas un intellectuel. J'essaie d'aller à…

SFG : Ça ne signifie pas que tu sois un imposteur ! Pour moi, tu as une activité intellectuelle, c'est-à-dire que tu n'es pas un intellectuel dans le sens où tu ne vis pas de tes idées. Ça ne va pas prendre la majeure partie de ton temps. Mais pour moi, tu as des raisonnements intellectuels, tu as une activité intellectuelle, ah oui quand même !

EdR : En réalité je lis peu, et ma culture littéraire est assez faible, même si je cherche à comprendre les courants qui nous façonnent. La créolité d'Édouard

Glissant par exemple, et son concept d'identité de la relation, ça me parle... Mais je suis loin de maîtriser la pensée de nos grands auteurs. J'avoue par exemple ne pas avoir compris Césaire. Je n'ai jamais su décrypter ses textes. Peut-être n'ai-je pas pris suffisamment de temps pour le faire. En tous cas, la pensée de Césaire m'est inaccessible.

SFG : À moi aussi, enfin j'ai eu plus de difficultés à comprendre sa fiction. Ses essais politiques oui, mais sa poésie et son théâtre, je n'ai pas réussi à en percer les mystères.

EdR : En fait, j'ai d'abord été marqué par les poèmes que mon père m'a laissés, des sonnets pierrotins sur la vie quotidienne en Martinique. J'avais cinq ans quand mon père est mort, et mon seul lien avec lui, c'était ces petits textes.

SFG : Tu y avais accès ?

EdR : J'y avais accès ! Ils m'ont accompagné pendant toute mon enfance jusqu'à l'adolescence. Des textes que j'ai appris par cœur, et que j'ai longtemps considérés comme étant les plus beaux du monde. C'était assez amusant parce qu'il écrivait sur ses carnets d'ordonnances, donc à la main. Il a rédigé des centaines et des centaines de sonnets sur la Martinique, sur Saint-Pierre, sur le Prêcheur, sur le Morne-Rouge, sur les habitants... Je pourrais même t'en réciter quelques-uns si ça t'intéresse. Il avait une très belle plume, une écriture incroyable, une grande poésie. C'était très académique, un mélange d'influences gréco-latines et antillaises. Mon père était un personnage d'un autre siècle ! Il est né en 1911 et il est mort en 1970. Et moi, j'avais cinq ans.

SFG : Et ses écrits t'ont beaucoup marqué ? Ils t'aident encore aujourd'hui à penser le monde ?

EdR : Vraiment, je pense que ça m'a structuré de manière étonnante.

SFG : Ah oui, c'est vraiment particulier ! Ça t'a donné un goût pour la poésie aussi ?

EdR : Je n'ai jamais écrit une ligne de poésie jusqu'à récemment. Je ne me sentais pas digne d'écrire. Je m'y suis toujours refusé. J'écrivais simplement mon journal intime.

SFG : Tu as quand même une pratique de l'écriture, quoi ?

EdR : Oui. Parce que j'aime bien observer, j'aime bien essayer de traduire des sentiments, des...

SFG : ... mettre des mots sur les choses ?

EdR : Oui voilà. J'ai des cahiers que personne n'a jamais lus, qui sont là. Je ne sais même plus s'ils existent encore. Mais le travail d'*Ubuntu* a été une vraie première pour moi. C'est la première fois que je me suis dévoilé dans l'écriture.

SFG : Les gens ne s'imaginent pas ce que ça coûte en fait ! Même pour moi qui pratique aussi l'écriture, se dévoiler au monde comme ça demande du courage. Ça demande un petit peu d'ego aussi. Ça demande des convictions. Ce n'est pas simple ! Surtout en fonction de ce que nous dévoilons. Mais est-ce qu'il y a d'autres auteurs qui t'ont marqué ?

EdR : Plus récemment, j'ai lu les trois livres de Yuval Noah Harari qui tentent de raconter l'homme et le monde :

Sapiens, *Homo Deus*, et *21 leçons pour le XXIe siècle*. Ces trois livres m'ont profondément marqué car ils ont violemment bousculé mes repères. Ils ont changé mon regard sur la vie. Ils m'ont donné des clés nouvelles pour comprendre le monde. Ils m'ont fait prendre conscience de notre insignifiance sur terre.

SFG : C'est une pensée qui te parle ?

EdR : Oui, ça a été un véritable électrochoc ! Je ne sais pas si tu as lu ces livres ?

SFG : Non, pas encore, mais si tu devais résumer son propos, me dire en quoi ces ouvrages t'ont permis de comprendre la vie, que dirais-tu ?

EdR : Yuval Noah Harari explique que ce que nous prenons pour des réalités intangibles ne sont en fait que le fruit de nos constructions mentales : l'argent, les États, les sociétés, la démocratie, les droits de l'Homme... En réalité, toutes ces notions sont des récits que nous avons façonnés et adoptés collectivement. Des choses qui n'existent que parce que nous avons décidé qu'il fallait qu'elles existent. Au fond, Yuval Noah Harari nous montre que nous sommes capables de créer des réalités incontestées à partir de nos représentations mentales. Cette prise de conscience vertigineuse nous oblige à aiguiser notre esprit critique, et à relativiser l'importance des choses. En fait, elle rend beaucoup de nos combats très dérisoires...

Jour 4

EdR : Nous avons abordé beaucoup de thèmes sociétaux. Parlons maintenant de nos parcours, de nos vies personnelles. Raconte-moi qui tu es, ce que tu fais, ton enfance, ton évolution, enfin ta vie quoi ! Et je ferai pareil la prochaine fois.

SFG : Ça marche pour moi. Sans pour autant te renvoyer à la prochaine fois, ça aurait été bien d'échanger tranquillement à bâtons rompus. Et puis qu'on garde l'équilibre dans la parole. On peut, oui, je trouve ça vraiment intéressant !

Alors déjà, je suis né à Villiers-le-Bel de parents qui sont partis en France pour travailler. Et à un moment donné, mes parents m'ont renvoyé en Guadeloupe. Je devais avoir 2 ans.

EdR : C'était en quelle année ?

SFG : C'était les années 1980 puisque je suis né en 1978.

Donc ça date de 1980-1981. Ils m'ont renvoyé chez ma grand-mère, et eux sont rentrés au pays après.

EdR : Tu as donc vécu ta petite enfance en France ?

SFG : Ma toute petite enfance, parce que je n'ai aucun souvenir de Villiers-le-Bel. Je n'y suis resté que 2 ans, ensuite j'ai été envoyé en Guadeloupe et c'est là que j'ai vécu toute mon enfance. J'ai grandi entre Morne-à-l'Eau et Les Abymes, sur la Grande-Terre. Mon école primaire se trouvait à Morne-à-l'Eau, mon collège et mon lycée aux Abymes. Après le bac, je suis venu faire mes études en Martinique.

EdR : Donc tu as passé ton bac en Guadeloupe ?

SFG : Oui, un bac économique et social à l'époque, avec l'option anglais. Puis j'ai fait mes études ici en Martinique pendant 5 ou 6 ans, avant de partir en Jamaïque où je suis resté un an.

EdR : Quelles études as-tu faites ici ?

SFG : Des études d'anglais, à la Faculté de Lettres et Sciences humaines de Schœlcher. J'ai étudié à l'Université des Antilles de la 1ère année au doctorat. J'ai fait une coupure en 4e ou 5e année pour aller enseigner à l'Université des West Indies en Jamaïque.

EdR : Qu'enseignais-tu là-bas ?

SFG : Pendant un an, j'ai enseigné le français et le créole. C'était une superbe expérience ! Ensuite je suis rentré en Guadeloupe, et là pendant un moment, j'ai été au chômage. Ça a été une autre expérience. Avec le recul, je réalise qu'elle m'a beaucoup appris.

EdR : En Guadeloupe ?

SFG : Oui, en Guadeloupe. Donc cette période de chômage m'a obligé à revoir mes plans pour me réinsérer autrement. J'ai toujours voulu être soit journaliste, soit travailler à la fac – être enseignant-chercheur. C'était vraiment mon projet de départ. Pas être fonctionnaire, non ! Ma passion, c'est d'enseigner, de chercher, d'être pédagogue. Je me suis marié puis j'ai eu mon doctorat en 2008. J'ai trouvé du boulot et je suis revenu en Martinique en 2011.

EdR : Et donc maintenant tu travailles à l'Université des Antilles ?

SFG : Oui. Depuis 2011, je suis enseignant-chercheur à l'Université sur le campus de Schœlcher. J'ai travaillé au campus de Saint-Claude en Guadeloupe aussi en tant qu'enseignant-chercheur, mais pas avec le même statut.

EdR : Enseignant-chercheur dans quel domaine ?

SFG : Tout ce qui touche à la société états-unienne.

EdR : Ah oui, c'est très pointu comme domaine.

SFG : Oui, c'est l'histoire des États-Unis. Effectivement, ça peut être vu comme quelque chose de très pointu mais je trouve que c'est une porte d'entrée – déjà la langue anglaise – vers plein d'autres sujets ! Souvent les gens qui présentent ces parcours linguistiques – particulièrement en ce qui concerne la langue anglaise – ont une ouverture au monde différente. Si tu regardes les professeurs d'anglais au collège ou au lycée, ils ont un autre profil. Ils sont plus originaux je trouve, plus ouverts.

Et chez nous à la fac aussi, les gens qui enseignent les études anglophones ont un autre rapport au monde.

EdR: Tu as vécu de l'intérieur les tensions de l'Université ?

SFG: (*Rire*) Tu ne crois pas si bien dire ! Oui, je les ai vécues de l'intérieur. C'est aussi l'une des premières fois où il y a eu de la contestation sur mon lieu de travail. J'ai travaillé à Chronopost, j'ai fait de la livraison, de la mise en boîte, j'ai fait de la peinture... Mais je n'avais jamais rencontré ce genre de conflit sur mon lieu de travail. J'ai essayé d'y prendre part en gardant un peu de raison mais oui, on a vécu ça de l'intérieur. Ce n'était pas agréable de voir notre outil de travail dépeint d'une telle façon au vu et au su de tout le monde. Parce qu'il y a toujours deux réalités, je pense que tu le sais comme moi : il y a celle de l'intérieur et celle que les gens voient. Moi, ma devise, c'était de me dire que les étudiants sont ma boussole. Même dans les moments de tensions, je voulais toujours être une présence de qualité pour eux, donner des cours de qualité quand ils étaient là. Je me disais que si mon rapport aux étudiants, si mes liens avec l'humain se trouvaient brouillés, j'aurais perdu de vue la raison de mon engagement professionnel.

EdR: C'est vrai que ces tensions universitaires ont donné le sentiment à l'extérieur que les étudiants étaient laissés pour compte, que leur sort était sacrifié...

SFG: Je comprends bien ça mais la réalité n'était pas simple ! Alors ? Parlons de toi maintenant. Tu es né en Martinique, je suppose. Dans quel endroit as-tu grandi ? Je crois que tu m'as déjà dit le nom de la commune.

EdR : J'ai passé mes toutes premières années à Saint-Pierre, jusqu'à l'âge de cinq ans. Mes parents avaient une maison dans le centre-bourg, non loin de l'église. À la mort de mon père, nous avons quitté Saint-Pierre pour nous installer au Morne-Rouge. C'est là que j'ai grandi et que j'ai fait mes classes de collège jusqu'en 3e. Puis je suis allé au lycée Schœlcher pour passer mon bac. J'y ai fait trois ans d'internat, de la Seconde à la Terminale. Le bac en poche, j'ai quitté la Martinique pour poursuivre mes études à Paris. Je suis parti avec un de mes amis d'internat, avec qui j'avais entrepris d'étudier le marketing et la publicité. À l'époque, la pub était un métier émergent, et peu de monde s'intéressait à ce secteur.

SFG : Vous aviez le même âge ?

EdR : Oui. Nous avions le même âge.

SFG : Comment se fait-il que vous ayez entrepris ces études ensemble ?

EdR : C'était un garçon très cultivé, qui avait un talent particulier pour l'écriture. Il lisait beaucoup, et surtout il écrivait des textes magnifiques. Il avait le sens de la formule, des jeux de mots et des slogans. Tandis que moi je dessinais. Je n'étais pas très studieux ; à l'école, je préférais griffonner des dessins sur mes cahiers plutôt que de prendre des notes.

Quand j'étais au collège, mon frère aîné s'inquiétait pour mon avenir. Un jour qu'il consultait mon carnet de notes, il me dit d'un ton désespéré : « Je ne sais pas ce qu'on va faire de toi. Tu es nul en math, en français, en histoire-géo... tu es nul dans presque toutes les matières, et tu passes ton temps à dessiner. » Et il ajoute, avec un peu de mépris : « Il ne te reste plus qu'à faire des bandes dessinées, ou pire des publicités. » Ça a fait tilt ! Quelques jours plus tard, je tombe sur une émission littéraire à la télévision, « Apostrophes », dans laquelle Bernard Pivot reçoit un jeune publicitaire, Jacques Séguéla, qui présente son premier livre. Un livre au titre étonnamment long : *Ne dites pas à ma mère que je travaille dans la publicité, elle me croit pianiste dans un bordel* ; je suis littéralement envoûté ! Jacques Séguéla parle de son métier avec une telle verve, une telle passion que je décide d'acheter son livre... et de suivre les conseils de mon frère. Très tôt donc, j'ai su ce que je voulais faire plus tard, et d'une certaine manière, j'ai orienté ma scolarité en fonction de cet objectif. En arrivant au lycée, j'avais les idées très claires. Un jour, je serai publicitaire ! Et j'ai su convaincre mon ami de me suivre dans cette voie...

SFG : C'est fort ! Tu t'es orienté grâce à plein de choses, mais aussi grâce à un livre !

EdR : Oui, ce livre a été pour moi un véritable déclic. En le lisant, j'ai compris qu'un métier pouvait être une passion. J'ai compris aussi que les idées pouvaient faire bouger le monde.

SFG : Il y a une chose qui me marque dans ce que tu me dis par rapport à ton enfance. Tu dis que ton père était médecin, il n'était pas commerçant. Nous savons que les médecins, chez nous – et j'imagine que c'était déjà le cas il y a 30 ans – ont ce côté populaire. Ce sont des gens qui soignent, qui assistent, et qui sont reconnus en tant que tels. Tu penses que ça joue un rôle dans ton caractère humaniste, ton ouverture aux autres ? Étant donné notre contexte ?

EdR : Les médecins ont une fonction naturellement empathique… Mais les qualités que tu exprimes, on les retrouve aussi chez les commerçants, les boulangers, les artisans… chez tous ceux que leur métier met en relation avec les autres.

SFG : Pas toujours ! On se comprend. C'est moins systématique mais c'est possible, je te rejoins. Après, je trouve que le médecin a un autre rapport aux gens : c'est la vie en fait !

EdR : C'est vrai… Les médecins font bien plus que pratiquer un métier. Ils pratiquent une relation de confiance, et ils développent nécessairement des qualités humaines particulières. Et ce n'est peut-être pas un hasard si dans ma famille, on compte trois générations de médecins : mon père, mon frère et son fils… trois générations ancrées dans le même bassin du Nord Caraïbe, au Morne-Rouge.

SFG : C'est beau ! Pour moi, ce n'est pas anodin. Certains aspects de notre personnalité se retrouvent au fil des générations. Mon père avait certaines qualités que j'ai, et certains défauts dont j'ai hérité aussi ! Ce sont des choses qui nous font, qui nous bâtissent. Alors quand tu es revenu au pays après tes études, ça a été simple pour toi de lancer ton affaire ou de t'insérer économiquement ?

EdR : J'ai fait des études courtes qui n'ont duré que deux ans. J'étais donc assez jeune quand je suis revenu. Dès mon arrivée, j'ai frappé à la porte des agences locales, et j'ai pu obtenir un stage dans une filiale du groupe Havas. Au bout de quelques mois, ce stage s'est transformé en un contrat à mi-temps, puis à plein temps. J'ai gravi les échelons au sein de cette entreprise et j'en suis devenu assez rapidement le directeur commercial. Après quatre années passées dans cette agence, j'ai démissionné pour participer à la création d'une nouvelle structure concurrente, qui a pris très vite son essor pour devenir en quelques années l'agence de référence de Martinique.

C'est à partir de cette nouvelle agence que j'ai participé avec d'autres à la création du réseau Publidom. C'était juste après la chute du mur de Berlin qui ouvrait les marchés de l'Est aux grandes agences nationales. Deux grands groupes opéraient alors sur nos territoires : Havas et RSCG, deux leaders français de la communication. Nous avons su les convaincre de se désengager des Antilles-Guyane pour mieux se consacrer à leurs nouveaux développements européens.

Et c'est ainsi qu'avec les différents managers locaux – il y en avait sept – nous avons réuni nos économies pour constituer le premier groupe de communication des Antilles, et gagner enfin notre indépendance. Trente ans après, je co-dirige toujours ce réseau qui s'appelle Publidom, et qui emploie une cinquantaine de collaborateurs en Martinique et en Guadeloupe.

SFG : C'est une belle histoire dont on peut être fier, ça force le respect ! J'ai dit à une amie de confiance que j'échange avec toi. Que nous essayons de mettre en place un dialogue. Elle m'a répondu : « Je trouve ça formidable parce que j'avais parfois l'impression que tu étais anti-blanc ou anti-béké. » Je lui ai dit : « Non, pas du tout ! S'il y a des choses qui me gênent, je vais le dire. Mais je suis pour l'ouverture. Je suis pour le fait de distinguer les êtres humains des groupes. » Et je lui disais que nous avions souvent, toi et moi, des échanges au sujet de cette distinction : les individus, les êtres humains, et les groupes auxquels ils appartiennent. Ton histoire est une histoire singulière qui vient heurter des clichés que certaines personnes peuvent entretenir. Des clichés qui ont la dent dure au sujet de personnes comme toi, de personnes comme moi. Quand tu entends mon histoire, tu te rends compte que c'est une histoire singulière, comme la tienne !

On ne peut pas écraser ces histoires comme ça sous la masse d'un groupe. Et c'est ce que je trouve intéressant dans nos échanges : faire remonter ces singularités parce que dans les singularités, nous nous rejoignons. Nous sommes peut-être séparés par d'autres choses, mais quand je prends ton parcours de vie, je me dis : « *Ah wè, misié galéré kon sa ?* Ah ouais, ce gars a autant galéré ? *Po! Misié té ka travay pou péyé étid ay!* Il a travaillé pour payer ses études ! »

Ça donne une autre lumière, je trouve, une autre façon d'aborder l'être humain. Résultat, quand j'aurai des discussions avec d'autres personnes, je pourrai dire : « Ah non ! Là il y a ça, on ne peut pas faire ce terrorisme et mettre tout le monde sous la voiture. » *Pas an sav kè ni dé moun, a pa kon sa sa pasé ba yo!* Parce que je sais que pour certaines personnes, les choses ne se sont pas passées comme ça. C'est ce que je trouve formidable dans notre dialogue.

EdR : En fait, la singularité dont tu parles est universelle. Nous sommes tous des êtres singuliers, et chacune de ces singularités mérite sa part de respect.

Steve GADET : Bien !

EdR : Notre cerveau a une qualité qui parfois cause notre malheur : il synthétise, il résume, il range... C'est une capacité formidable mais qui a pour conséquence de nourrir des clichés et de ne pas rendre compte de la réalité complexe des choses. Ça me fait penser à ce que nous disions au début de nos entretiens quand nous parlions des représentations.

SFG : Parce qu'il doit y avoir un peu d'ordre et pour avoir de l'ordre, il range les choses.

EdR : C'est exactement ça ! Notre perversion vient d'une qualité intellectuelle dont nous sommes dotés, mais qui peut nous faire dériver vers des amalgames, des clichés, des visions... de mauvais résumés.

SFG : Oui. Et je trouve que nous luttons contre une force. C'est-à-dire que nous sommes effectivement des personnes singulières, mais qui doivent aussi lutter contre la force du groupe. Tout le monde ne lutte pas ! J'ai l'impression que tu luttes aussi contre cette force pour traverser des lignes et aller vers l'autre.

EdR : ... S'affranchir de nos représentations, c'est peut-être ça la liberté.

Jour 5

SFG : Alors, comment vas-tu ?

EdR : Ça va. J'ai relu nos échanges, il y a des choses très intéressantes !

SFG : Qui en ressortent ?

EdR : Ah oui, je trouve ça vraiment intéressant.

SFG : Moi aussi. Tu parles de notre dernière conversation ?

EdR : La dernière, mais aussi les précédentes ! Quand on relit avec un peu de recul...

SFG : Il y a de la substance ?

EdR : Oui, je trouve.

SFG : Écoute. J'ai parlé de ça à l'un de mes meilleurs amis. Nous avons grandi ensemble, c'est vraiment mon frère ! *Misié ka rété an Gwadloup.* Il vit en Guadeloupe. *Lè an di'y ka nou té ka préparé, ki jan nou té vin a jwenn, é ki jan nou ka lyanné pou nou palé dè tel é tel biten, musieu* m'a dit : (Quand je lui ai dit ce que nous sommes en train de préparer, comment nous nous étions rencontrés toi et moi, comment nous nous retrouvons pour discuter de telle et telle chose, le gars m'a dit :) « Oh la la la ! *Sa kay fè dézod ou sa !* Ça va faire du désordre, ça ! » (*Rires*)

EdR : (*Rires*)

SFG : Je lui ai répondu : « *Wi, mé an bon sans-la !* Oui, mais dans le bon sens du terme ! *Ni an lo biten ki pé séparé nou, mé nou ka rivé palé èvè respé, bienvéyans, lanmou.* Beaucoup de choses peuvent nous séparer mais nous arrivons à échanger avec respect, bienveillance, amour. *Nou la trankil kwa !* Tranquillement quoi !

EdR : Oui, c'est vrai. Et je t'avoue qu'à ton contact, ma pensée a évolué. J'ai réfléchi à ce que tu me disais sur les systèmes qui parfois écrasent les volontés individuelles. J'ai réfléchi à nos échanges qui avaient tendance à opposer les dimensions systémiques aux dimensions individuelles. Et j'admets que tu as raison. Dans bien des cas, le poids du système est tel qu'il affaiblit les approches personnelles.

SFG : C'est intéressant. Ça n'annule pas non plus ta vision un peu plus humaniste et individuelle, ça ne l'annule pas !

EdR : Prenons l'exemple du Cap Est, au François, où habitent un nombre important de békés. Bien sûr, ils sont libres d'habiter où ils veulent, et personne n'a le droit de contester leurs choix. Personne n'a le droit de les juger, car ils ne font rien de mal. Mais le fait est qu'en se regroupant, ils participent inconsciemment à la création d'un système particulier. Un système qui influe sur leurs comportements et que l'on observe désormais comme une réalité particulière. Je réalise en fait que tu peux faire des choix très personnels, et rejoindre en même temps un système qui te submerge, et qui peut installer des schémas de comportement collectif pas forcément compatibles avec ceux qui te caractérisent individuellement. Quand tu rejoins un groupe, tu penses le faire en conservant ta pleine liberté mais en fait, tu te plies à des règles communes. Et c'est là que je te rejoins : on navigue entre soi et le système, et il est difficile de résister au système.

SFG : C'est intéressant !

EdR : Je réalise qu'il existe des pensées de groupe qui ne sont pas forcément alignées sur les pensées individuelles des membres du groupe. Tu vois ce que je veux dire ?

SFG : Nous sommes d'accord.

EdR : Mais ce sont des conflits, et la discussion avec toi me fait prendre conscience de cet état de fait. Ça me nourrit bien parce que je réalise que tout est nuance et subtilité. Il ne faut jamais camper sur ses positions, il ne faut pas être pétri de certitudes ! Ce qui n'empêche pas les individus de se plier parfois à la pensée dominante du groupe. Ces allers-retours entre vision systémique et vision personnelle génèrent sans doute des conflits qui reflètent la complexité humaine.

SFG : C'est intéressant. Moi je trouve ça assez extraordinaire, ce que tu me dis. Je sais que je change aussi, je vais te dire comment mais on rencontre rarement des gens qui ont un parcours de vie, et qui arrivent à avoir une vision rafraîchissante. Les gens se sentent menacés par je ne sais quoi. Peut-être que ta vision reflète aussi la bonne estime de toi que tu as, une estime de toi qui est saine ! Mais c'est rare de rencontrer des personnes qui disent : « Ah, ben tu vois là, ma position évolue. Là, suite à tel échange, je commence à voir ça comme ça. » Je trouve ça formidable ! Et pour moi ce qui évolue, c'est la nuance que je vais intégrer à mon discours quand je parle de la communauté békée, des békés en Martinique ou en Guadeloupe.

Lors de mon témoignage au tribunal, j'ai été obligé de nuancer mon propos en disant : « *Aujourd'hui, j'ai commencé à discuter avec quelqu'un qui se définit un peu comme ça. Et c'est la première fois que je discute avec quelqu'un de cette communauté.* »

Quand je lis la lettre ouverte de Robert Saé aux maîtres de la caste békée[12], je trouve qu'à certains moments il fait preuve de nuance. Mais je trouve que dans son interview à *France-Antilles* récemment, c'était encore plus net ! C'était mieux, moins politique, moins crispé. J'ai trouvé que c'était plus humain parce qu'il a parlé en reconnaissant qu'il y a de la nuance, que tout le monde ne cultive pas un instinct grégaire.

Si je participe à une conversation demain, je ne vais pas parler comme à l'époque où j'ai écrit le *Discours sur le néocolonialisme*. C'est un livre que j'ai écrit, mais sans contact humain avec toi par exemple ! Et aujourd'hui je vois que ce contact humain avec un individu me pousse à nuancer mon regard systémique. Je trouve que c'est

12. Voir ANNEXE 9.

là que réside le miracle du dialogue ! Je pense que tu ne me contrediras pas ?

EdR : Ah mais complètement ! Par contre, nous serons attendus au tournant dans notre façon d'assumer l'évolution de nos points de vue. Parce qu'il va falloir dire ça, témoigner de ça ! Je sais que tu en es conscient mais ça demande une part de courage importante.

SFG : Ah oui !

EdR : Parce que témoigner de ça, c'est une étape qui n'est pas si naturelle !

SFG : Oui, j'en suis très conscient, mais je vois aussi que nous nous préparons à cette exposition parce que nous clarifions nos intentions. L'une de nos forces, je trouve, ce sont nos intentions ! Les gens vont nous prêter des intentions, mais moi je sais quelle est mon intention. Je peux dire à n'importe quel journaliste comment s'est déroulée notre rencontre, comment a débuté l'aventure.

Alors s'il doit y en avoir certains qui sont prêts à se mouiller pour que cette question évolue chez nous, je suis prêt à être du lot ! Je sais que les personnes qui vont me critiquer ne paient pas mes factures, elles ne donnent pas à manger à mes enfants. Tant que les choses continuent comme ça, je veux bien que nous puissions assumer notre mission comme le disait Frantz ! C'est au tour de notre génération de déplacer les lignes !

EdR : Absolument.

SFG : Nous sommes en train de faire une chose qui n'a pas encore été faite parce que tout ce qui a été tenté n'a encore rien réglé. Les combats politiques ne l'ont pas fait, l'instinct de préservation ne l'a pas fait, toutes ces tentatives n'ont pas pacifié nos relations ! Donc là, pourquoi pas le dialogue ?

EdR : Bien sûr... Et puis ça n'enlève strictement rien aux positions que nous pouvons avoir par ailleurs.

SFG : Absolument !

EdR : C'est une fenêtre de plus, c'est une corde de plus que nous nous offrons.

SFG : Oui ! Pour moi c'est aussi quelque part cultiver une certaine hauteur de vue. C'est prendre du recul par rapport à notre quotidien immédiat. Notre quotidien immédiat – comme tu me le disais au départ – ce sont les étiquettes ! C'est ça jusqu'ici notre méthode pour classer les différentes composantes de notre population.

Mais prendre le temps de s'arrêter et de sortir un peu de notre contexte, des avis, de ce qui secoue le pays : sortir un peu de cette ambiance volcanique et nous voir autrement. Après, nous devons reconnaître que nos positions, nos styles de vie respectifs et notre position socio-économique nous permettent aussi de faire ça.

Nous sommes peut-être issus de deux classes sociales différentes, mais nous sommes quand même des personnes qui disposent de leur temps. Ça c'est un luxe que tout le monde n'a pas !

EdR : C'est vrai.

SFG : Tu vois, et c'est en ce sens que notre position sociale nous permet de sortir de nos obligations économiques et de prendre le temps de nous arrêter.

EdR : C'est vrai.

SFG : Comment tu abordes ça toi ? Parce que j'ai l'impression que tu es bien conscient du courage que nécessitera notre démarche. Justement comment tu vois ça ? Quand le moment viendra de partager notre expérience...

EdR : J'ai toujours assumé mes positions, et j'ai toujours considéré que sortir du cadre n'est pas une question de courage. J'ai toujours pensé que l'on peut affirmer librement ses positions et qu'il n'y a pas de véritable risque à le faire. Dire ouvertement ce que l'on pense n'est pas un acte héroïque. Ce sont nos conventions de pensée qui nous font croire que la vérité relève du courage. Mais rien n'est plus faux. Il n'y a pas de danger à dire sa vérité. Il ne faut pas hésiter à exprimer librement son point de vue. Le seul risque est de s'exposer à des contradictions. Je n'ai vraiment pas peur de la contradiction...

SFG : Moi non plus !

EdR : On le voit bien ! Si nous avions peur de la contradiction, nous ne nous serions jamais parlé tous les deux.

SFG : Absolument !

EdR : C'est ça la vérité. Les contradictions, non seulement je n'en ai pas peur, mais je pense qu'on s'en nourrit. Les contradictions ne sont pas dangereuses. On ne doit jamais en avoir peur sinon on ne dialoguerait plus. Chercher la contradiction, ça n'est pas du courage, c'est même plutôt une forme d'égoïsme. Car on profite du dialogue pour s'alimenter de ce que donne son interlocuteur. Cette manière de voir les choses permet d'avancer sans pression, de s'exprimer librement et de rentrer dans l'échange sans affrontement. Je crois que c'est toi qui avais dit que la liberté c'était notre capacité d'affirmer nos singularités. En fait, c'est ça le vrai sens de la liberté.

SFG : Ouais !...

EdR : Et j'aime bien ça parce que ça veut dire que la liberté consiste à nous affranchir de nos représentations : des paroles que l'on peut dire ou ne pas dire, des choses que l'on peut faire ou ne pas faire, des gens que l'on peut voir ou ne pas voir... toutes ces représentations qui relèvent d'une forme d'esclavage.

SFG : Ça me semble très pertinent, je te rejoins ! Non, ça a beaucoup de sens. Nous verrons comment les gens vont réagir mais je trouve que notre débat, notre échange est pertinent. Moi, j'ai abandonné l'idée d'être compris par les gens. J'ai abandonné. Il y a deux, trois personnes qui vont me comprendre. Là, en te parlant, j'essaie aussi de m'assurer que les gens qui me connaissent me reconnaîtront à travers ce que je dis. Je veux qu'ils puissent lire, ceux qui sont dans mon cercle de confiance, les gens qui me connaissent vraiment et qu'ils se disent « Mais oui, c'est lui, il n'est pas différent parce qu'il parle avec Emmanuel de Reynal », tu vois ? Mais sinon, en ce qui concerne les autres, j'ai abandonné l'idée d'être compris. Parfois on dit de moi que je suis un intellectuel controversé. Ce qualificatif m'a été attribué dans *France-Antilles* et la journaliste m'a demandé si l'adjectif me convenait. Ça m'a fait bizarre parce que le mot « controversé », je l'entends aux États-Unis. En France, les médias l'attribuent par exemple à Tariq Ramadan.[13] (*Rire*) Je peux comprendre pourquoi on me qualifie de « controversé », c'est parce que je ne suis pas classique. Je ne suis pas qu'à un seul endroit, je parle peut-être de plusieurs choses. Et puis mon style, ce que je dis quand je participe à certaines manifestations. OK, OK ! Mais moi ça ne me gêne pas.

EdR : Mais peut-on être un intellectuel sans être controversé ? Si tu n'affiches que des idées conventionnelles, quel est ton apport en tant qu'intellectuel ? C'est bien dans ta nature d'intellectuel de provoquer le débat, d'introduire des désaccords ? Enfin, il me semble...

SFG : Je pense aussi ! C'est-à-dire que si on pratique l'art de penser librement, on déborde à un moment donné. Or, ma réflexion n'a pas de frontières. Ce que je pense, même sur les sujets compliqués, j'ai été amené à le dire – un peu comme toi ! C'est peut-être pour ça que certaines personnes se disent : « Mais comment il ose parler de ça ? Un jour il va parler du racisme au pays, un autre jour il va parler du clip de Kalash. » Mais ça ne me gêne pas, au contraire. Je trouve que ce que nous faisons, toi et moi, c'est l'art de penser librement ! Et de ne pas être contraints, pour moi, par exemple, par ma communauté religieuse. D'ailleurs, ma liberté de parole, la façon dont je m'affranchissais de certains codes vestimentaires et mes engagements hors de l'Église m'ont valu de sérieux ennuis. Après avoir résisté et m'être défendu pendant quelques mois, j'ai décidé que mon bonheur n'avait pas de prix et j'ai quitté l'Église. D'ailleurs, depuis ces mois très compliqués, mon regard sur les communautés évangéliques a changé. Je n'aime pas le fanatisme et la dépolitisation. Je ne m'y sens plus

---

13. Voir ANNEXE 10 : Tariq Ramadan, une figure controversée.

à l'aise comme avant. Bref, je te disais que nous utilisons notre liberté sans être contraints par la religion ni la culture du pays – « *Sé konsa o péyi, sé konsa nou ni labitid fè !* » (Traduction : « C'est comme ça au pays, c'est comme ça que nous avons l'habitude de faire ! »). C'est une liberté de faire, de dire, d'échanger que nous saisissons nous-mêmes, comme des grands. Nous ne sommes pas non plus contraints par la famille. Dans une certaine dimension, on se comprend. Je n'accepte pas qu'on vienne me voir pour me dire qui j'ai le droit de voir et à qui j'ai le droit de parler. Et ça va dans les deux sens. Je ne veux pas qu'on me le dise pour mes camarades militants ni pour toi. Et moi je trouve que nous avons besoin de ça, de cet art de la libre pensée, cet art du libre parler. Peu importe qui nous sommes ! J'ai été aussi frappé par tes deux dernières contributions. D'abord ta réponse à la lettre de Robert Saé[14] que j'ai trouvée pertinente, mesurée. C'est-à-dire un équilibre entre la fermeté sur certains points, et le souci de laisser la porte ouverte sur d'autres points. J'ai trouvé ton propos vraiment mesuré, pertinent et courageux. Nous pouvons enlever ce dernier qualificatif si tu veux. Mais je me permets de l'utiliser sachant que dès que l'on parle des békés ici, dès que les gens voient ce sujet, cette question ou ce mot, ces noms-là, *yo pa menm ka réfléchi ankò ! Ou suiv ?* (Traduction : « Ça leur coupe toute aptitude à la réflexion ! Tu vois ? »)

Et donc, toi dans ce contexte, tu prends la parole publiquement pour répondre en quelques mots à une lettre dont on imagine qu'elle a eu beaucoup de popularité dans les milieux militants. Mon Dieu !

---

14. Voir ANNEXE 11 : Dressez l'oreille, Monsieur Saé...

Lè an vwè sa, an di: « Waaa! » Quand j'ai vu ça je me suis dit « Ohhh! » *An di madanm an-mwen konsa: « Misié menm, ah sa ka fè-an plézi! »* J'ai dit à ma femme: « Ce gars me fait plaisir! *An ka santi kè misié doubout dèyè sa'y ka pansé!* Je sens qu'il assume sa pensée! » Et il ne le fait pas sur un ton revanchard ni sur un ton — comment dire — rabaissant!

EdR: Ah oui!

SFG: C'est un ton très humain!

EdR: Surtout que Robert Saé, c'est quand même... Oui! On peut ne pas être d'accord avec lui mais on ne peut pas le mépriser. Ça, ce n'est pas possible!

SFG: Nous sommes bien d'accord! Et on ne peut pas non plus balayer sa pensée d'un revers de main!

EdR: Non, c'est clair!

SFG: Et je trouve que prendre la parole, cette parole publique là, venant de toi, sachant les étiquettes que tu as sur le dos aux yeux des autres, j'ai trouvé ça important pour notre vivre-ensemble! Et puis les barrières que nous essayons d'abaisser un tant soit peu, ce débat public que nous voulons un tant soit peu respectueux, j'ai trouvé ça fort frère, vraiment! C'était un bel exemple d'échange public en évitant le simplisme et les postures.

J'ai été frappé aussi par autre chose, c'est ta contribution dans *France-Antilles*, dans l'un des derniers *France-Antilles* sur Max Orville. Tu dis pourquoi tu as choisi de militer à ses côtés. J'ai apprécié la démarche, même si en lisant, je me suis rendu bien compte que nous n'étions pas sur la même ligne politique ! (*Rires*) Mais sur les valeurs et la façon de procéder, je dis : « Banco ! » Parce qu'il y a des gens dont je peux partager les idées politiques, mais les valeurs et la façon de faire ? Mon Dieu, nous allons vers un problème !

En lisant ta déclaration dans *France-Antilles*, je me suis dit : « *Misié vé bon biten pou péyi-la !* Ce gars veut de bonnes choses pour le pays ! *Kè péyi an-nou vin pi fò o nivo ékonomik, kè nou pé sa pi doubout adan kad a la Répiblik, an ka pansé sa osi.* Que notre pays devienne plus fort économiquement, que nous ayons davantage de pouvoir dans le cadre de la République, et je pense la même chose. *Sé savé pétet ki pouvwa kè nou ka ba yo.* Reste peut-être à savoir quel pouvoir nous leur donnons. Mais je me suis dit : « *C'est possible* ! » Et c'est ça que j'aurais aimé montrer aux gens ! Que c'est possible de ne pas être d'accord, respectueusement, et de construire quand même ensemble ! Investir dans des projets plus grands que notre petite vie de 90 ans, des projets qui dépassent notre périmètre.

EdR : Absolument !

SFG : Nous sommes d'accord ?

EdR : Ah totalement ! Nous sommes complètement en phase ! On peut ne pas être d'accord sur tout. Dès que la pensée devient unique, alors la dictature n'est plus très loin. Je suis plus à l'aise avec les positions centristes, qui par nature sont moins rigides, plus nuancées. Je me méfie des certitudes, des idées absolues. Je préfère coopérer, entretenir le doute et chercher des compromis. Ça me semble plus raisonnable. C'est pourquoi je rejette les idéologies politiques extrêmes, qu'elles soient de droite ou de gauche. En général, elles affirment des dogmes.

Elles assènent des idées simplistes qui ne ressemblent pas à la vraie vie. Le monde est trop complexe pour l'enfermer dans des slogans définitifs. Mais il est vrai aussi que le jeu de la politique impose des raccourcis, et oblige à adopter des postures pour créer des ralliements. Hélas...

SFG : Ah oui !

EdR : Je soutiens Max Orville. Et dans son groupe, il y a forcément des gens avec qui je ne suis pas en phase politiquement ! Mais je retrouve des convergences de valeurs, des convergences de capacité d'écoute, et ça me suffit ! On ne peut pas aligner tout le monde sur les mêmes idées, c'est impossible.

SFG : C'est impossible !

EdR : Et quand tu commences à vouloir que tout le monde pense comme toi, là c'est une dictature !

SFG : C'est le début de ça !

EdR : C'est pourquoi moi je préfère les positions centristes.

SFG : J'entends ça.

EdR : Des positions où il faut coopérer. La coopération ça veut dire : « Tu as ta part de vérité, j'ai ma part de vérité, et puis on trouve des compromis. » La vie c'est ça ! Construire des compromis, construire des coopérations, arriver sur des terrains d'entente après avoir pesé le pour et le contre mutuellement, après avoir échangé les points de vue. C'est beaucoup plus riche d'avancer comme ça. C'est plus exigeant, c'est plus compliqué !

Mais moi j'ai horreur des discours politiques où on assène des vérités, des dogmes, des machins... Je n'aime pas ça parce que c'est de la pensée surgelée qui...

SFG : ... qui est trop simpliste parfois !

EdR : C'est simpliste. Or la vie est trop complexe pour être enfermée dans des slogans définitifs.

SFG : Les slogans sont réducteurs, nous sommes d'accord.

EdR : Malheureusement, le jeu de la politique demande des postures et aussi des raccourcis.

SFG : Exact. D'où l'importance pour nous — pour les personnes qui valorisent la pensée — de prendre la parole et de proposer d'autres idées, d'autres réflexions. Pour que cette façon de faire de la politique, ou cette façon de concevoir le débat au pays, puisse être un peu dynamitée, puisse reculer un peu. Je trouve que c'est important, c'est vraiment important !

J'ai aimé ta prise de parole parce que je crois aussi que de la même façon, notre démarche actuelle, notre dialogue de maintenant, va peut-être générer des bébés, c'est-à-dire d'autres efforts comme celui-là. Je sais aussi que ta prise de parole en public peut aussi générer des bébés. C'est-à-dire des personnes qui se décrivent comme békés et qui ne sont pas satisfaites de cette identité exclusive. Prendre la parole ou mener certaines actions concrètes va devenir plus normal. Moi je crois aux miracles de la vie, je crois à ça. Et peut-être que mon geste et les idées que je partage avec toi publiquement vont générer des attitudes différentes !

EdR : C'est certain !

SFG : Parce que je sais qu'il y a des gens qui me regardent, qui regardent mon positionnement...

EdR : Tu as une influence réelle, donc c'est clair !

SFG : Oui ! Les gens regardent mon positionnement, mais je ne veux pas être prisonnier de ça. Donc je vais cultiver ma liberté parce que j'ai plein d'amis, des hommes comme des femmes, qui, quand ils vont voir ça, me diront : « Mais comment ? Pourquoi Fola ? »

EdR : (*Rire*)

SFG : Et donc je me dis : « Peut-être que ça va inspirer des gens. Ils n'auront plus les mêmes barrières pour aller vers l'autre. Ils vont commencer à le voir autrement. » Si Fola l'a fait, ils peuvent se dire : « *Po men Fola palé ba misié !* » (Traduction : « Ah ouais, Fola a parlé à ce gars ! »)

Je vois même mes petits frères qui ont 15, 16 ans, je veux que ça devienne normal pour eux. Même si pour certains c'est déjà normal ! Peut-être qu'il y en a qui connaissent des adolescents békés qui vivent là où ils sont. Mais je veux normaliser ce dialogue, cet échange. Je ne vois pas non plus ce dialogue comme une fin en soi. Ce n'est qu'un outil pour construire un pays plus juste, plus épanoui.

Je pense que nous avons une carte à jouer, et puis c'est notre rôle ! Que nous le voulions ou pas, quelque part nous faisons partie des personnes influentes au pays donc des gens qui doivent prendre des initiatives ou simplement prendre leurs responsabilités pour porter leur part de progrès.

EdR : Oui, c'est vrai !

SFG : Donc c'est un peu notre rôle !

EdR : Oui ! Bon, enfin toi tu es encore jeune, moi je suis un peu plus âgé. Mais c'est vrai que maintenant, nous devons savoir ce que nous laissons derrière nous ! Si je devais terminer ma vie sans avoir fait un petit effort pour faire bouger les lignes, ma vie aura été inutile, tu vois ce que je veux dire ? C'est important d'utiliser la petite influence que nous pouvons avoir, dans un sens bien fléché, simplement ! C'est tout.

SFG : Je crois aussi. Et même si nous ne voyons pas les résultats de nos deux yeux ! Honnêtement, nous savons toi et moi que si Aimé Césaire était assis là quelque part, il aurait aimé ! Tu vois ? Sans faire de jeu de mots. Il aurait aimé voir ça, moi j'en suis conscient. Si Édouard Glissant était quelque part assis en train de nous regarder, je sais aussi qu'il aurait big up ça quoi ! Et Frantz Fanon aussi ! Si Frantz Fanon était encore là, je suis sûr, lui qui est allé vers l'autre, le différent, et qui nous disait de ne pas être prisonniers de notre passé, prisonniers de l'histoire de l'esclavage.

EdR : Oui, de ne pas être esclaves de l'esclavage quoi !

SFG : Yeah man ! Je suis sûr qu'ils auraient approuvé notre démarche.

EdR : Bien sûr !

SFG : Tous les grands que nous célébrons aujourd'hui.

EdR : Ah mais clairement, eux ils étaient dans ça ! Ils étaient dans le dialogue, clairement ! Et je pense, mieux que notre génération ! Je pense que notre génération s'est durcie.

SFG : Ah mais oui ! Tu as raison !

EdR : C'est amusant parce qu'hier j'ai eu une séance de travail sur ce sujet. C'étaient des réflexions sur le vivre-ensemble. L'analyse est très simple ! Avant, en Martinique, il y avait des instruments de brassage dans la société. Il y avait le service militaire, il y avait l'internat du lycée Schœlcher – c'est mon expérience –, il y avait d'autres internats, il y avait des kermesses...

SFG : Qui étaient dans le Centre !

EdR : Oui, mais pas que. Il y avait des kermesses dans les communes aussi. Enfin il y avait des espaces où les populations, quelles que soient leurs origines, quelles que soient leurs conditions sociales, se retrouvaient et se brassaient.

SFG : Ah d'accord !

EdR : Le service militaire a été un énorme moyen de brasser les populations martiniquaises !

SFG : Absolument !

EdR : Mettons de côté la dimension militaire. Le fait que pendant un an, le fils d'un médecin, le fils d'un chef d'entreprise et le fils d'un ouvrier agricole se retrouvaient dans la même chambrée, mangeaient les mêmes repas à la cantine, utilisaient les mêmes douches, etc.

SFG : ... avaient les mêmes missions !

EdR : Avaient les mêmes missions et partageaient la même vie de casernement.

SFG : Yeah man !

EdR : Dans une société où chacun a tendance à se réfugier dans sa communauté, il manque des lieux de brassage.

SFG : *An kay ba'w on anekdot.* (Traduction : « Je te donne une anecdote. ») C'est fort !

EdR : Mais il n'y a plus ça !

SFG : Il n'y a plus ces espaces-là ! Et tu sais ce qu'il y a à la place ? Les réseaux sociaux qui hystérisent les différences ! WhatsApp hystérise les différences !

EdR : Nous sommes complètement d'accord !

SFG : Je te donne une anecdote sur ce que tu me dis, et ça te concerne ! Peut-être que je t'ai déjà raconté ça. Un jour, j'étais en train d'enregistrer la chronique d'*Ubuntu*. Je l'enregistre à la radio pour mon émission. [15] Je suis en train de faire la prise et le technicien me demande à un moment donné : « Est-ce que tu le connais ? » (*Rire*)

EdR : Et ?

SFG : « *Boug-la ka mandé mwen* (Traduction : « Le gars me demande ») : est-ce que tu le connais personnellement ? » Nous ne nous connaissions pas ! Alors je lui réponds : « Non, pas du tout, je ne l'ai jamais rencontré. » Il me dit : « Mais tu sais, Emmanuel, j'étais à l'internat avec lui ! »

---

15. Martinique 1ère La Radio, chronique littéraire intitulée « À l'ombre des livres » et proposée par Steve « Fola » Gadet.

EdR : Ah ouais ?

SFG : Il me dit : « J'étais à l'internat avec lui. » Il te connaît. Peut-être qu'il s'est basé sur le ton de ma chronique et ce que je disais de ton livre. Tu sais ? Il m'a demandé si je te connaissais personnellement, tout ça pour me faire comprendre que tu étais différent, quoi. Il me laisse entendre que vous avez été à l'internat ensemble, qu'Emmanuel, c'est un type bien, « c'est un type qui parle avec des gens différents, c'est mon copain d'internat, je le connais. »

EdR : (*Sourire*)

SFG : Et ça, ça m'a interpellé. Ce qu'il m'a dit a tempéré ma vision de toi, ma vision des choses parce que j'avais en face de moi un homme noir...

EdR : Ah oui ?

SFG : ... qui essayait de me dire à moi : « Tu sais, il n'est pas dans cet esprit ! Il faut que tu le connaisses. Tu ne le connais pas encore, mais moi, c'est mon ami ! » Et ça reflète ce que tu dis là, si vous ne vous étiez pas rencontrés il y a trente ans ou je ne sais combien d'années, il n'aurait pas pris ta défense comme ça en me désamorçant quoi. Et ça m'a vraiment fait réfléchir ! Cette anecdote confirme ce que tu es en train de me raconter là.

EdR : Je te confirme que l'internat fabrique des amitiés sincères, par-delà les couleurs. Je t'ai déjà parlé de mon ami du lycée qui m'a accompagné en France pour suivre avec moi des études de publicité. Après son diplôme, il a choisi de rester à Paris et d'y installer sa vie. Il rentrait de temps en temps en Martinique pour les vacances, puis il a espacé ses voyages... Et la vie nous a séparés. J'ai perdu le contact avec lui jusqu'à ce jour récent où j'ai appris qu'il venait de mourir d'un lymphome.

SFG : Ah la la ! C'est vrai ?

EdR : Il a lutté plus d'un an contre la maladie, et je ne savais même pas qu'il était malade ! Ça m'a fait un choc terrible. J'étais à Paris quand j'ai appris la triste nouvelle. C'est une amie commune du lycée qui m'a appelé. J'étais profondément bouleversé : je venais de perdre mon meilleur ami dont je n'avais pas pris de nouvelles depuis plus de 5 ans ! Je m'en voulais. Je me suis rendu immédiatement sur sa tombe au cimetière de Montmartre et je lui ai parlé longuement... Cette amitié n'aurait jamais existé s'il n'y avait pas eu l'internat. C'était une amitié sincère et profonde qui résultait simplement d'une expérience de vie commune, celle de l'internat du lycée Schœlcher. Et je regrette qu'aujourd'hui...

SFG : ...Il n'y ait plus ces espaces de brassages, de rencontres ?

EdR : Exactement ! Je regrette qu'aujourd'hui il n'y ait plus de lieux de vie commune qui réunissent des gens d'horizons divers. Et je suis sûr qu'une grande partie des tensions actuelles vient de l'absence de ces lieux de brassage.

SFG : Mais nous avons quand même la caserne de Gondeau, nous avons aussi des établissements scolaires qui rassemblent des enfants d'horizons différents. Nous avons des internats qui fonctionnent, non ? Selon toi, ces espaces ne jouent pas forcément ce rôle ?

EdR : La grande différence, c'est qu'aujourd'hui on transporte son monde dans ces lieux, puis on rentre chez soi sans avoir eu besoin de composer avec d'autres milieux.

SFG : Je vois la même chose à la fac. On vient consommer nos trucs, on n'est pas obligés de se lier, de se mettre avec des gens ! On vient prendre ce dont on a besoin et après on part.

EdR : Même la cantine ne permet plus de brasser les gens. Un élève sur deux refuse d'aller à la cantine. Il préfère prendre ses repas dehors, avec son groupe. Tous ces comportements, qui ne sont pas forcément critiquables en soi, mais ils vont dans le même sens : l'abandon par touches successives du jeu collectif. Je pense qu'on devrait rendre la cantine obligatoire pour tous les élèves de Martinique. Je suis sûr que la cantine fait partie des choses qui m'ont formé. Parce que tu partages un repas, tu vois ce que je veux dire ? Ce sont ces petits...

SFG : Bien sûr !

EdR : ... Ces petits détails qui expliquent qu'aujourd'hui on est dans l'individualisme.

SFG : Plus plus plus, ah ouais !

EdR : On va prendre son MacDo, on reste sur son Facebook... Les algorithmes des réseaux sociaux radicalisent les positions, il n'y a plus de nuances.

SFG : Ah la la ! Ah oui, ah oui ! C'est intéressant ce que tu dis ! J'allais te demander justement, puisque l'internat joue moins ce rôle de brassage, tu parlais des kermesses... J'allais te dire : ton idée, vraiment, elle me semble juste.

Mais est-ce que tu ne vois pas des espaces, ou est-ce qu'on ne pourrait pas recréer certains espaces ?

Mais apparemment, tu as identifié un espace. Tu dis que les associations sportives, la pratique sportive, jouent ce rôle ?

EdR : Oui, je crois que c'est un des derniers espaces. À condition de ne pas tomber dans le piège du sport entre-soi : la pratique « communautarisée » du sport, c'est une tendance qui peut arriver.

SFG : Ah OK !

EdR : Le sport doit toujours conserver sa dimension universelle. Quand je fais du karaté sur un tatami, j'ai en face de moi des gens différents, et nous sommes tous les mêmes !

SFG : Ce qui vous unit, c'est ce sport-là, c'est cette pratique. Eh bien tu vois là-bas, c'est l'un de mes grands frères. C'est quelqu'un qui m'aide à réfléchir sur certaines choses.

EdR : Ah oui ?

SFG : Ouais. Il discute beaucoup avec moi. Il est plus grand que moi, il doit avoir la cinquantaine. Et donc c'est quelqu'un qui me parle, avec qui je peux raisonner, discuter de certaines choses, et on se connaît depuis longtemps. Et pourquoi je te parle de lui, c'est parce que je lui ai parlé récemment de ton parcours, et ça l'a surpris agréablement en fait ! C'est quelqu'un qui part avec un a priori un peu méfiant quoi, tu sais, sur ces questions. Et là je lui ai dit : « Emmanuel, il a été faire ses études en France, et il travaillait pendant qu'il faisait ses études ! Il n'a pas pu rester très longtemps, il a dû rester deux ans parce qu'il travaillait en même temps pour payer ses études. Et quand il est revenu, il est rentré dans une boîte par la petite porte, il est monté, et après avec d'autres gens, ils se sont mis ensemble pour racheter les parts de l'entreprise. Et comme il est très axé sur le business, c'est quelqu'un qui aime le commerce en ligne, c'est son langage. » Donc de voir comment tu t'es construit, j'ai vu dans ses yeux la surprise. Et ça encore ça contribue à changer nos représentations ! Et j'ai vu qu'il était très réceptif à ton parcours alors qu'au départ, il était un peu dur quoi.

EdR : Oui bien sûr ! (*Sourire*)

SFG : Alors je lui réponds : « On verra frérot, moi je veux parler avec lui en tout cas ! » Et quand je lui ai parlé de ton parcours, ça a modifié son regard sur toi !

Mais pour revenir à nos espaces de brassages, le livre que nous sommes en train d'écrire ensemble pourrait être un moyen de faire remonter cette question. Je trouve que c'est un sujet vraiment pertinent.

EdR : C'est peut-être aussi le sens de l'histoire que les sociétés se fragmentent. Les réseaux sociaux individualisent les gens, ça les fractionne.

SFG : Ah oui, carrément ! Que ce soit dans leurs postures physiques, leurs façons d'être, que dans leur ouverture aux autres.

EdR : En réalité, ces réseaux n'ont rien de sociaux. C'est tout l'inverse !

SFG : En fait, on « réseaute » ! Tu « réseautes » avec

des gens qui pensent comme toi. Et parfois, c'est ça qui favorise les comportements asociaux.

EdR: (*Sourire*) Il y a trente ou quarante ans, les relations avec les békés n'étaient pas de la même nature qu'aujourd'hui.

SFG: Elles n'étaient pas aussi acrimonieuses tu veux dire, aussi aigres ?

EdR: Non. Il y avait des rapports tendus dans la banane parce que c'étaient des rapports de force. Mais les relations socio-ethniques étaient beaucoup plus naturelles. Parce que les békés vivaient dans les communes.

SFG: Ils vivaient un peu partout ?

EdR: Un peu partout. Moi je vivais au Morne-Rouge, j'avais des amis békés qui habitaient à l'Ajoupa-Bouillon, d'autres qui habitaient à Saint-Pierre, au Carbet, au Morne-Vert... Il y avait moins de regroupements géographiques que maintenant. Les relations ont évolué du fait notamment des rassemblements d'habitats. Le Cap-Est, par exemple, est un phénomène récent qui remonte à une quarantaine d'années. Avant, les békés étaient disséminés dans les communes, et entretenaient des liens de proximité naturelle avec les autres Martiniquais. En dehors de la route de Didier, qui regroupait une certaine élite sociale, il n'y avait pas de quartiers békés en Martinique. De même qu'il n'y avait pas de quartiers « mulâtres ».

SFG: Comment tu expliquerais ce phénomène, qu'est-ce qui a changé? Juste la modernité? Le fait aussi que politiquement, il y a des batailles qui ont été menées ? Qu'est-ce qui fait qu'aujourd'hui, ce que tu as connu toi, est moins fort, qu'on observe davantage cette tendance à se regrouper ? C'est quoi ? C'est la peur ?

EdR: Je pense qu'il s'agit simplement d'un facteur économique. Des terrains vierges ont été disponibles à la vente et certaines personnes ont saisi l'opportunité de les acquérir dans le but d'y installer leur maison, puis ils ont passé le tuyau à leurs proches, frères, cousins... et petit à petit s'est constitué un regroupement familial.

SFG: D'accord.

EdR: Mais comme ç'a été le cas aussi à un moment sur la route de Didier.

SFG: Ah oui ! Ouais, ouais, ouais. Untel pouvait habiter là, et untel ne pouvait tout simplement pas quoi !

EdR: Au départ, c'était juste des parents qui ont décidé d'habiter là. Mais le voisinage s'est étendu et a fini par créer un système de quartier : c'était facile pour ces habitants de s'organiser entre eux, d'autant plus qu'ils entretenaient des liens de famille... Aujourd'hui, ils semblent se suffire à eux-mêmes, et donnent le sentiment de vivre entre eux, en dehors du reste de la Martinique.

SFG: Ces regroupements n'ont pas toujours existé ? C'est bien que les jeunes générations, dont je fais partie, sachent ça !

EdR: Non, quand j'étais enfant, ça n'existait pas.

SFG: Oh !

EdR : Mais pourtant, il n'y a aucune malice dans le fait que des personnes choisissent ensemble leur lieu d'habitat. Ce sont des opportunités, chacun cherche son terrain où il peut, en fonction de ses affinités. « Je vais habiter à côté d'untel, je le connais bien ! » Voilà comment ça s'est passé. Et puis petit à petit, une espèce de système s'est constituée naturellement.

SFG : Tu sais que ça me rappelle beaucoup la religion. Particulièrement la religion protestante chez nous. Ce côté grégaire. Ce côté « vivre en étant sur soi, en ayant NOS références », et en se disant que l'extérieur de la communauté religieuse est un monde hostile, un monde qui va nous corrompre. Et que pour être bien, il faut qu'on soit entre nous. Quand tu me décris ça, moi, avec mon background protestant, ce sont des comportements que j'ai tendance à voir dans certaines Églises que j'ai fréquentées, où on diabolise ceux qui sont différents ! Où il n'y a pas de tolérance ! Et ça, tu vois que les békés qui vivent au Cap Est n'ont pas le monopole de cette façon de penser, ils ne sont pas les seuls à avoir un comportement grégaire. La différence se trouve peut-être dans les raisons qui les poussent à vivre entre eux.

Quand tu vas dans certaines Églises et que tu analyses un peu, tu te rends compte que certains croyants diabolisent le différent. Ils diabolisent le pays, les responsables politiques. Ils ne cherchent pas à s'ouvrir ! Et je vois ce manque de tolérance, il est dangereux !

EdR : C'est intéressant de constater ça. Les regroupements ne sont pas condamnables en soi, mais il faut être conscient qu'ils peuvent déclencher des réflexes communautaires, des habitudes qui enlèvent le goût de la différence et qui peuvent appauvrir les relations humaines.

SFG : Absolument, absolument, je te rejoins ! Et j'aime cette façon de dépeindre la situation. Ces mots, dans la bouche de quelqu'un d'autre, auraient tout de suite jailli de façon plus âcre, plus virulente. Alors que toi tu te dis : « Je vois les intentions. Mais je vois aussi à côté de quoi nous passons. » Donc quand on discute avec des personnes qui sont dans cette situation, si elles entendent notre conversation, nous ne sommes pas en train de brûler les gens ! Non, c'est juste que ça nous interpelle.

EdR : Oui, c'est tout ! Et il faut le dire, sans juger.

SFG : Oui !

EdR : Et la vérité, c'est qu'avant il y avait des systèmes qui contrariaient la nature des rapprochements familiaux, qui faisaient qu'on se brassait davantage. Maintenant qu'il n'y a plus ça, les rapprochements familiaux peuvent devenir des rapprochements communautaires. Et sans contrepoids ! Et quand ça passe de génération en génération, là ça risque de devenir un système. Mes parents sont békés. J'ai vécu au Morne-Rouge et à Saint-Pierre. Mais imagine que mes parents aient habité au Cap Est, mon seul référentiel aurait été mon environnement « capétien ». Mes enfants n'auraient eu comme référence que cette vie « capétienne ». Je ne m'exprime pas très bien dessus mais...

SFG : Non, non, mais je comprends ce que tu veux dire.

EdR : C'est pourquoi il faut créer des référentiels qui sortent des cadres familiaux pour favoriser le dialogue entre tous. Peut-être que ce que nous sommes en train de faire là va dans ce sens. Il faudrait créer des lieux de dialogues collectifs.

SFG : Des espèces d'agoras...

EdR : On pourrait réfléchir dans ce sens.

SFG : Oui, oui ! Il faut laisser les idées venir... Il faut voir où ça va nous mener. Ce qui peut aussi se passer, c'est que, étant donné que nous nous intéressons à cette affaire, nos propos peuvent attirer des gens... *Sé mésié ké sòti la yo sòti pou di nou : « Sa zò ka di la nou ka fè'y !* » (Traduction : Ces gens peuvent sortir d'où ils sortent pour nous dire : « De quoi parlez-vous ? Ce que vous êtes en train de dire, nous en faisons déjà l'expérience ! ») Peut-être que vous ne le savez pas, mais voici l'expérience que nous avons menée !

EdR : Tu as raison, et nous pouvons être rassurés par ces découvertes !

SFG : Ouais, ouais ! Il peut y avoir des expériences qui remontent du terrain, dont nous ne sommes pas au courant. D'où l'intérêt d'amener notre échange sur la place publique.

Jour 6

EdR : Alors quoi de neuf depuis quinze jours ?

SFG : Tu sais, mon recueil de poésies me fait vivre des expériences assez extraordinaires.[16] Les mots que les gens découvrent, je vois comment ça leur parle, ça les touche. Ça va toucher des émotions très puissantes ! Je ne m'attendais pas à ça. J'ai eu très peur de sortir ce livre. J'ai eu le trac, quoi. J'ai exprimé des choses que je n'avais pas l'habitude d'exprimer.

EdR : Tu partages déjà tes poésies ? Tu les as déjà publiées ?

SFG : Je les ai déjà publiées ! Oui, je les partageais avec des personnes de mon entourage très proche. Et j'en ai partagé aussi lorsque j'ai fait des scènes slam. Tu vois, comme j'ai été champion de slam de la Martinique

16. (Cahier d'un retour à moi-même, Steve « Fola » Gadet, Éditions Nèg Mawon, avril 2021).

en 2019, j'ai partagé beaucoup de textes là. À d'autres endroits aussi. J'en ai mis quelques-uns dans le recueil. Il y en a que j'ai écrit pendant le confinement. Tu auras sûrement l'occasion de les découvrir, mais ce n'est pas de la poésie classique. C'est une poésie qui vient de l'école du rap et du slam, qui est assez populaire d'ailleurs ! Elle est simple mais pas simpliste. Donc tu as un peu de tout dedans, tu peux tout y mettre. Spiritualité, politique, identité, sensualité, sexualité, tout, tout, tout ! Dans les deux langues. Et ça bouleverse beaucoup de gens. Mes lecteurs me disent qu'en fait ils se sentent moins bizarres. Parce qu'il y a des idées que j'ai exprimées dans lesquelles les gens se retrouvent. Certain.e.s m'avouent se sentir moins bizarres. Alors je leur dis : « C'est pour ça que j'ai écrit ce livre ! Pour qu'on puisse se dire : "Je suis différent. Je n'ai pas besoin d'être normal. Je suis différent et je peux être heureux comme ça." » Et ça, ça résonne...

EdR : Ce sont des textes poétiques qui font partie d'un ensemble cohérent, ou ce sont des chapitres indépendants les uns des autres ?

SFG : J'aime bien ta question ! En fait, l'ouvrage est organisé en quatre parties que j'ai imaginées en les appelant « Pays ». Chaque partie est un pays. Donc tu as le « Pays d'Ojas ». L'Ojas est une huile essentielle que j'aime bien, ça sent très bon. Là je parle plus d'amour, de sensualité – de sexualité aussi ! Il y a une autre partie que j'ai intitulée « Pays libéré ». Là c'est un peu plus philosophique et politique. Et il y a deux autres pays, à chaque fois ce sont des sphères différentes. Il y en a un qui évoque beaucoup plus l'estime de soi et l'acceptation de soi. C'est le tout premier. Tu vois ?

EdR : Oui, d'accord. Il y a donc une construction.

SFG : Oui, exact. Le livre est assez accessible. Je l'ai fait avec un éditeur guadeloupéen. Et tu ne devineras jamais comment se nomme cette maison : elle s'appelle « Éditions Nèg Mawon » ! (*Sourire*)

EdR : Ah oui ? (*Rire*)

SFG : Ouais ! (*Rires*) Je trouve que c'est assez emblématique. Et je connais le fondateur. C'est un homme extraordinaire : très bienveillant, féru de littérature, qui aime son pays. Mine de rien, quand tu réalises ce qu'on est en train de faire, c'est une forme de marronnage[17], non ?

EdR : Bien sûr !

SFG : C'est-à-dire que nous prenons la tangente, pour aller voir ailleurs et essayer autre chose !

EdR : Il y a le béké mawon et le nèg mawon ! (*Sourire*)

SFG : (*Éclat de rire*)

EdR : (*Rires*)

SFG : Le marronnage est dans notre héritage. Notre culture et notre pays sont bâtis sur cette notion. *Nou pa-a di kè nou vé rété adan sa jistèman. Nou ka fè an sot kè nou pa oblijé mawon si sèwten biten ankò ! Kè nou pa té dwet mawon pou sa kwa !* (Traduction : « Nous

17. « Le marronnage est l'état d'un esclave marron. Durant la période esclavagiste en Amérique et aux Antilles, l'esclave marron s'évadait de la plantation du maître, exprimant ainsi son insoumission, sa désobéissance, sa révolte. » (SOURCES : « larousse.fr » ; « wikipedia.org » ; « universalis.fr »).

ne disons pas que nous voulons demeurer dans cette conception des choses, mais justement : nous faisons en sorte de n'être plus obligés de marronner sur certaines choses ! Que nous ne devrions pas être obligés de marronner pour ça, quoi ! »)

EdR : Ça pourrait presque être le titre de notre livre ! « Dialogue marron ».

SFG : J'aime l'idée. C'est-à-dire que tu frappes la conscience populaire en leur disant : « Men mawonaj, sé pran on dot chimen. *Mé sé sa ou ! Donk lè'w vwè zò tann sa nou ka di é sa nou ka fè, sé on dot chimen nou ka pran mé sé an lespri la sa !* » (« Mais le marronnage, c'est le fait de prendre un autre chemin. Donc quand vous entendez ce que nous sommes en train de nous dire et vous voyez ce que nous sommes en train de faire : c'est un autre chemin que nous empruntons, mais dans l'esprit du marronnage ! »). Pour vivre mieux ! Nous sommes d'accord ?

EdR : Oui, bien sûr !

SFG : Et toi, quoi de neuf ? Qu'est-ce qui t'a marqué ces derniers jours ?

EdR : Ces derniers temps, j'ai eu une actualité intense. Dimanche dernier, j'ai participé à un colloque organisé par l'association CM98, sur le thème de la mémoire de l'esclavage. La question posée était la suivante : « Pourquoi l'État français ne parvient-il pas à apaiser la mémoire de l'esclavage ? »[18] J'ai été invité par Serge et Viviane Romana, et j'ai débattu avec Luc Reinette.

---

18. Voir ANNEXE 12 : « Pourquoi l'État français ne parvient-il pas à apaiser la mémoire de l'esclavage ? ».

Je ne connaissais pas Luc Reinette, et j'appréhendais un peu cette rencontre.

SFG : (*Rire*) Ah bon ? Oh purée !

EdR : Mon intervention portait sur un thème imposé par les organisateurs : « La difficile réconciliation entre les descendants des protagonistes de l'histoire de l'esclavage ».

SFG : Ah oui ? C'est fort !

EdR : Tu penses bien que les échanges que nous avons eus tous les deux m'ont aidé à traiter ce sujet, et je t'en remercie.

SFG : Ah oui ? C'est fort ! Et ton propos a apparemment résonné vers ces centaines de personnes, il est allé vers d'autres gens quoi !

EdR : J'ai essayé d'exprimer ma pensée le plus honnêtement possible face à Luc Reinette[19].

SFG : Dans ta démarche, dans ta façon de voir les choses ?

EdR : Oui ! Je le connaissais de réputation. Et j'ai été agréablement surpris par sa personnalité. Franchement ! Je pensais que j'allais avoir affaire à un opposant, un dur... Pas du tout ! C'est quelqu'un qui défendait des idées contraires aux miennes, mais sans jamais mépriser la contradiction. Quelqu'un d'honnête intellectuellement, qui argumentait intelligemment son propos, sans jamais chercher à me blesser ou à me stigmatiser.

19. Militant anticolonialiste et indépendantiste guadeloupéen.

SFG : ... Mais qui a su dialoguer !

EdR : Oui ! Il a su argumenter son point de vue...

SFG : Sans toucher aux personnes, quoi ?

EdR : Exactement.

SFG : En restant sur les idées ?

EdR : Exactement. Et j'ai apprécié ce moment-là, franchement.

SFG : Fort !

EdR : C'était une sacrée expérience ! C'était donc dimanche matin. Ça a duré deux bonnes heures !

SFG : Deux bonnes heures ?

EdR : Bien intenses !

SFG : Je veux quand même applaudir ta façon de répondre à l'invitation. Le fait que tu aies accepté de prendre part à une discussion sur des thématiques qui peuvent tout de suite électriser les gens, ne serait-ce que par ta présence ! Tu hésites à utiliser le mot « courage » pour parler de certaines démarches. Mais je trouve qu'il faut quand même une forme d'aplomb, une forme d'audace, une forme de... je ne sais pas comment appeler ça.

EdR : Mais n'est-ce pas plutôt la normalité ? Ça devrait être normal de pouvoir se frotter à la contradiction sans avoir besoin de faire preuve de courage.

SFG : Ça devrait. Mais...

EdR : Enfin nous en avons déjà débattu. Ce n'est pas une question de courage. Ça devrait être normal.

SFG : Mais tout le monde ne peut pas ! Pour plusieurs raisons. Déjà pour des questions de parcours de vie, et aussi d'indépendance économique. Nous parlions de ça tout à l'heure ! Tu as un parcours de vie et une indépendance. Tu es ton propre homme, comme on dit en anglais. Et ça, ça donne quand même une autre approche de certaines questions. Tu as une liberté que tu as acquise ! Nous sommes d'accord ? Et j'ai eu vent d'histoires qui se sont produites pour d'autres personnes dans d'autres cercles. Des gens ont subi des pressions qui les ont empêchés ou forcés à faire certaines choses ! Ces personnes ont capitulé parce que leur parcours de vie ou leur niveau d'indépendance ne leur permettait pas d'assumer certaines démarches. Tu vois ?

EdR : Ou elles ont simplement été confrontées à la difficulté de subir le regard des autres.

SFG : Il y a un peu de ça !

EdR : Mais ce que tu évoques là, être droit dans ses bottes, être libre dans sa manière de penser, c'est une capacité qui est à la portée de tous !

SFG : Oui !

EdR : Tout le monde a la capacité objective d'être libre et de s'affranchir du regard des autres. N'y a-t-il pas une convention de pensée qui donne trop de poids aux regards extérieurs ? Y a-t-il vraiment une fatalité à se laisser esclavagiser par les pressions extérieures, les pressions sociales ? Non, car je reste convaincu que nous avons tous en nous, quelles que soient nos conditions, quels que soient nos milieux de vie, une capacité intime à être libre. Peut-être faut-il apprendre à en être conscient ? Tu comprends ce que je veux dire ?

SFG : Oui, je comprends mais je vois ça différemment.

EdR : Et on revient une nouvelle fois sur la dualité entre la logique individuelle et la logique systémique.

SFG : Pour moi, ce ne sont pas des explications exclusives ! C'est-à-dire que la raison que tu invoques, c'est le caractère inné de cette capacité : c'est un fait ! Mais je crois aussi que le parcours de vie et la dimension socio-économique devraient être pris en compte pour comprendre notre façon de défendre nos points de vue, de nous assumer. Et bien sûr, le cadre sociétal dans lequel on évolue aussi, tu vois ? Je pense que tous ces facteurs entrent en ligne de compte. Je n'en aurais pas exclu un au profit de l'autre. J'essaie de raisonner de façon inclusive au lieu d'être exclusif.

EdR : C'est certain. Mais ce que je veux exprimer par-là, c'est que je n'ai pas le sentiment de faire quelque chose d'exceptionnel. Le dialogue est un pouvoir qui est donné à chacun d'entre nous. À nous d'utiliser ce pouvoir. Nous sommes encore trop nombreux à nous interdire de nous exprimer pour des raisons extérieures à nous. Il y a là une forme de capitulation humaine. Nous abdiquons sous le poids de notre environnement, d'une « chape sociale », dont on peut s'affranchir si on le décide.

SFG : J'entends ce que tu me dis. Mais je crois que ce phénomène est aussi réel dans d'autres sociétés : française, guadeloupéenne... Le fait de prendre la parole en public relève d'une forme de pouvoir. Être capable de parler, être capable de défendre ses idées. Alors il peut y avoir une explication qui vient de la personnalité ou du charisme de la personne ? Mais parler comme ça en public dit aussi quelque chose de qui parle !

La parole publique a sa propre histoire dans nos pays. Nous savons que nos sociétés ont hérité d'une réalité : la parole de ceux qui avaient moins de pouvoir a souvent été étouffée. La parole libérée a même souvent causé beaucoup de tort. Donc nous sommes souvent dans le *bistan*, nous faisons les choses à la dérobée. Là encore, ce n'est pas une explication globale pour moi. Je dis qu'il faut inclure ces réflexes-là lorsqu'on pense à ces questions. Bien que le pouvoir de parler soit inné pour chacun d'entre nous, les parcours de vie font qu'en fonction des thématiques, nous n'abordons pas la prise de parole avec la même force ou la même attitude. Maintenant, j'entends aussi beaucoup de témoignages de grandes personnes qui ont mené des actions que tu trouverais courageuses, dire que sur le moment, elles n'ont jamais pensé faire preuve de courage !

EdR : Oui.

SFG : Tu vois ? Mais je pense que nous devons quand même prêter attention lorsque l'extérieur nous dit : « Pour faire cette démarche-là, je trouve qu'il faut avoir des ressources que tout le monde n'a pas. »

EdR : N'est-ce pas au fond un problème de confiance en soi ?

SFG : Tu veux dire confiance ou estime de soi ?

EdR : Les deux ! Ne sommes-nous pas simplement prisonniers d'une forme de défiance vis-à-vis de nous-mêmes ?

Notre manque d'audace à parler n'est-elle pas simplement le reflet d'une peur des regards extérieurs ?

SFG : Ça c'est vrai !

EdR : Ce n'est que ça, en fait !

SFG : Oui, ça c'est vrai, ça aussi ! Pour moi, c'est une des explications possibles. Mais ce n'est pas la seule, nous sommes bien d'accord ?

EdR : Ne faudrait-il pas nous laisser convaincre que ces regards ne dépendent pas de nous ? Que l'on n'est jamais responsable de ce qu'il y a dans l'œil d'en face ? Dès lors que l'on prend conscience que l'on ne peut pas agir sur ces facteurs extérieurs, on retrouve de la confiance en soi, voire de l'espérance. En promouvant la culture du dialogue, nous contribuons certainement à rétablir en Martinique un bon niveau de confiance et d'estime personnelle, de sérénité et même de bonheur.

SFG : C'est tout un travail ! Sachant que – encore une fois je reviens là-dessus ! – mais nos sociétés ont été bâties pendant longtemps sur la « négrophobie » ! Donc sur l'écrasement de l'estime de soi des personnes de couleur ou des personnes non-blanches. Et Patricia Braflan-Trobo, c'est une sociologue guadeloupéenne, a écrit récemment un livre très intéressant qui s'intitule *L'estime de soi des noirs – Guadeloupe : La conjuration des prophéties* (L'Harmattan, octobre 2020). Elle part du principe que dans la psyché guadeloupéenne, et dans les proverbes guadeloupéens, il y a une « négrophobie » latente qui traverse les générations, et qui habite notre quotidien. Par exemple, « *Pawòl a nèg pa ka bout* » (« La parole du Nègre est sans fin »), « *Nèg pi movÉ ki chien* » (« Le Nègre est pire que le chien »), « *Ou ja* *konnet nèg* » (« Tu connais déjà le Nègre »). Tu vois ? Et elle dit que cette « négrophobie » latente, on ne s'en rend même pas compte, mais elle fait du tort à l'estime de soi des personnes de couleur ! Je trouve intéressantes les idées qu'elle développe sur ce point. Donc pour revenir à ce dont tu parlais, à savoir le chantier de l'estime de soi chez nous, c'est un vaste chantier, mais un chantier révolutionnaire ! Y réfléchir, en parler sous plusieurs angles de vue – du point de vue de personnes dites blanches comme toi, d'ici ou d'ailleurs, de personnes métissées, de personnes dites de couleur. C'est bien de pouvoir en parler, sachant que nous n'arrivons pas toujours avec les mêmes charges, ou les mêmes dispositions vis-à-vis de ces questions. Mais je te rejoins ! Cette question fait appel à un problème crucial chez nous, d'estime de soi. Après, je sais aussi que ce problème d'estime de soi traverse les générations et les couleurs. Nous sommes d'accord ?

EdR : Le passé peut expliquer en partie ce que nous sommes aujourd'hui.

SFG : Ce ne sont pas des excuses ! J'ai l'impression que tu me dis : « Ben tien, l'histoire ! » Pour moi ce n'est pas l'histoire ! Je trouve que Patricia Braflan-Trobo braque les projecteurs sur un phénomène très contemporain, qui secoue encore la psyché des gens !

EdR : Oui !

SFG : Ce n'est pas une excuse que j'invoque. Je dis juste que ces travaux sont là.

EdR : Non mais c'est une réalité ! La réalité c'est que nous sommes ce que nous étions, nous sommes issus de quelque chose. Nous héritons naturellement de facteurs qui traversent les générations, qui nourrissent le langage, les expressions, les attitudes et les comportements et qui parviennent à toucher aujourd'hui notre être intime. C'est ce qu'explique bien la psychiatre et psychanalyste martiniquaise Jeanne Wiltord, basée à Paris, qui a écrit là-dessus. Je ne sais pas si tu as lu son dernier livre ?

SFG : *Mais qu'est-ce que c'est donc un noir ?*[20]

EdR : Voilà. Le professeur Aimé Charles-Nicolas en parle aussi d'une manière un peu différente dans l'un de ses récents ouvrages. Tous deux démontrent clairement comment les comportements d'aujourd'hui trouvent leurs sources dans le passé, dans l'histoire. C'est vrai pour les populations noires, mais c'est vrai aussi pour les populations blanches. Je pense que chez de nombreux békés, il existe des complexes profonds issus d'un passé honteux. On peut observer parfois chez eux des comportements pétris d'une charge de ce passé.

SFG : C'est intéressant, ça ! Tu vois, c'est la première fois que j'ai cet angle de vue. Il y a beaucoup de gens qui n'imaginent pas forcément ça, mais c'est intéressant ce que tu dis !

EdR : Mais c'est en fait une réalité pour tous les peuples. On est tous chargés de ce qui s'est passé avant.

SFG : Sans pour autant dire que nous avons le même type de fardeau dans nos constructions identitaires, nous sommes d'accord ?

EdR : Non, je ne veux pas hiérarchiser !

SFG : Nous sommes d'accord.

---

20. Éditions des Crépuscules, octobre 2019.

EdR: Il ne s'agit surtout pas de hiérarchiser ! Mais pour des raisons différentes, nous sommes influencés par le passé. Et un passé qui a nourri, générations après générations, des comportements, des expressions, des modes de vie. La vraie liberté, c'est de comprendre ça, et de voir jusqu'à quel point on peut se détacher des choses qui nous contraignent dans notre essence.

SFG: J'ai toujours plusieurs cloisons ! J'entends la philosophie derrière. Mais j'essaie de voir si ces considérations, appliquées à certaines circonstances bien précises, peuvent suffire. Tu vois, si j'explique à quelqu'un cette conception dans certaines circonstances, peut-être qu'elle ne suffira pas. Mais c'est totalement vrai ! Alors j'entends l'universalité derrière, quand tu me dis : « Mine de rien, tous les peuples sont chargés de choses qui ont touché à leur estime d'eux-mêmes, des choses dont ils doivent s'extirper pour s'en sortir. » J'entends ça ! Parfois dans les débats, j'entends des gens utiliser cet argument pour dire : « Vous voyez, si eux l'ont fait, pourquoi les autres n'y arrivent pas ? » Et c'est là où je n'aime pas entendre utiliser cet argument ! Je n'ai pas l'impression que tu l'utilises dans ce sens. Quand j'entends ça, je me dis : « Mais non, mais ce n'est pas de cette manière que je veux utiliser cet argument ! » Parce que ce n'est pas juste. Il y en a effectivement qui pourraient y arriver simplement avec cette vision philosophique. Mais il y en a d'autres pour qui nous savons que ce sont des mesures en particulier, des mesures spéciales, qui peuvent parfois permettre qu'ils s'en sortent. Donc j'essaie toujours d'envisager la réflexion sans me dire qu'il n'existe qu'une explication, qu'une seule solution.

EdR: Il ne faut pas tomber dans le piège de la hiérarchisation.

SFG : Des débats manichéens non plus tu vois : « C'est soit ça, soit ça. » La nuance doit être là quoi.

EdR: Bien sûr, il faut éviter toute forme de manichéisme et de compétition. Il s'agit plutôt de nous concentrer sur la clé de compréhension de l'Homme. Une clé qui s'appuie sur une double lecture : celle de son contexte et celle de sa personne. En d'autres termes, ce que tu appelles « le systémique » et ce que j'appelle « la personnalité ».

SFG : Elles ne s'excluent pas ! Elles sont là, présentes en même temps. Je trouve qu'on se rejoint sur le besoin de rajouter de la nuance dans la façon d'aborder des problèmes ou des questions aussi denses. Je ne sais plus quel philosophe disait justement que la nuance a quelque chose de radical.[21]

EdR : Je pense, en effet.

SFG : Ce que nous sommes en train de faire aussi, je trouve que ça relève de la nuance ! Ce dialogue relève de la nuance ! Il ne dit pas : « C'est soit ça, soit ça ! ». Et le marronnage a aussi quelque chose de... je ne sais pas si on peut le comparer à la nuance, mais c'est dire : « Je refuse de choisir ça, je refuse de rester là, et je veux créer une autre voie ! » Et je trouve que nous sommes dans cette démarche. Je ne sais pas ce que tu en penses ?

EdR : Oui, la nuance est dans notre nature profonde. Nous sommes des êtres subtils. La réalité humaine n'est pas manichéenne, elle est complexe. En fait, nous sommes « contexte » et nous sommes « personne ». Nous

21. « Dans le brouhaha des évidences, il n'y a pas plus radical que la nuance. » Jean Birnbaum, journaliste au Monde, responsable du Monde des Livres, essayiste.

sommes ces deux choses-là à la fois. Il y a le contexte des descendants d'esclaves qui fait partie de ce que tu es. Il y a le contexte des descendants d'esclavagistes qui fait partie de ce que je suis. Ces deux contextes sont liés à nos personnes. Il y a ma personne et il y a ta personne. La question qui se pose alors : qu'en faisons-nous ? Quels sont nos leviers pour vivre le mieux possible aujourd'hui ?

SFG : Des leviers pour impacter davantage le contexte, c'est ça ?

EdR : Ou en tout cas pour vivre le plus librement possible.

SFG : Oui, des leviers pour imaginer à nouveau ce contexte qui nous entoure et qui nous conditionne dans une certaine mesure ! J'aime bien quand Martin Luther King parle de ça. Il dit en fait que les révolutionnaires ne sont pas censés s'adapter à la température. Ils sont censés changer la température pour transformer ce contexte. Je trouve ça vraiment inspirant ! Et il parle de l'impact que peut avoir une minorité créative.

Mais je voulais te poser une question. Nous avons prévu de parler un peu de politique. Parce que récemment, par rapport à tes prises de parole, j'ai compris que tu étais engagé, surtout avec les échéances qui approchent[22]. Je suis moi aussi engagé en tant que militant dans un parti politique, le CIPPA (Comité d'Initiative pour un Projet Politique Alternatif). Ici je suis engagé politiquement – pas dans un parti – mais dans les idées, dans les actions que je mène, et dans les avis

22. Emmanuel de REYNAL se présente aux élections territoriales de Martinique des 20 et 27 juin 2021 sur la liste « *Renaissance Martinique* » de Max ORVILLE qui recueille 1379 voix à l'issue du premier tour, soit 1.44% des votants. « *Renaissance Martinique* » n'est pas retenue pour le second tour du scrutin. (SOURCE : « francetvinfo.fr »).

que je peux donner[23]. Je suis très curieux de savoir ce qui te pousse, toi. Qu'est-ce qui nourrit ta démarche politique ? Ça a commencé quand, pourquoi ?

EdR : Ma démarche politique est très récente. Elle remonte précisément au mois de septembre de l'année dernière, après une rencontre informelle que j'ai eue à Paris avec un proche du gouvernement. J'ai eu l'occasion de lui présenter mes préoccupations sur la situation critique de la Martinique : le déclin économique, l'effondrement démographique, le niveau élevé du chômage et de la pauvreté, la montée des tensions et des violences... La réponse a été cinglante : « Nous, à Paris, n'avons pas d'interlocuteurs martiniquais qui assument franchement l'appartenance à la République française. »

SFG : Quoi, ils n'ont pas d'interlocuteurs ?

EdR : C'est ce qu'ils disent. Depuis 30 ans, me disait-il, vous êtes dans une logique de distanciation du lien national. Depuis 30 ans, vous naviguez entre les logiques indépendantistes et autonomistes, et vous donnez le sentiment de vouloir vous écarter de la France. Vous êtes dans la défiance permanente, voire dans le rejet. Vous cultivez l'esprit de séparation au nom d'une fierté identitaire. C'est compliqué de travailler avec vous. Nos rapports avec les autres territoires d'Outre-mer sont bien plus simples. Nous travaillons en confiance avec la Guadeloupe, la Guyane et la Réunion. Mais pas avec la Martinique. Ne soyez donc pas surpris qu'en cas d'arbitrage, vous soyez les moins bien servis.

---

23. La liste « *En avant pour l'alternative* » conduite par Alain PLAISIR, Président du CIPPA, lors des élections régionales des 20 et 27 juin 2021 en Guadeloupe, totalise à l'issue du premier tour 2324 voix, soit 2.54% des bulletins exprimés. La liste « *En avant pour l'alternative* » n'est pas retenue pour le second tour. (SOURCE : « francetvinfo.fr »).

Depuis 30 ans, vous êtes dans l'angle mort de la République !

SFG : Ça t'a secoué.

EdR : Oui. La leçon que j'ai tirée de cet échange, c'est que notre ambiguïté vis-à-vis de la France dessert nos propres intérêts. Soit nous sommes dedans, soit nous sommes dehors. Mais l'entre-deux nous est défavorable. Elle appauvrit notre population, elle la fragilise. Nous devons sortir de l'ambiguïté, en affichant sans complexe notre lien national. Nous devons le faire clairement en affirmant que la France est une chance pour la Martinique, et que la Martinique est une chance pour la France. Et c'est bien dans un rapport serein de confiance que nous trouverons ensemble des solutions à nos problèmes. C'est en améliorant nos relations que nous dynamiserons notre pays dans l'intérêt de tous. Si je me suis engagé en politique, c'est parce que j'estime qu'il faut maintenant rétablir le lien de confiance avec la France.

SFG : J'ai lu ça !

EdR : Je pense qu'il faut le faire, non pas dans un rapport de soumission, mais dans un rapport d'équilibre adulte : la Martinique n'appartient pas à la France, c'est la France qui appartient à la Martinique. Le hasard fait parfois bien les choses. En sortant du ministère, mon portable se met à vibrer. C'est Max Orville. Il me dit : « Bonjour Emmanuel, nous nous étions rencontrés il y a quelques années, tu te souviens de moi ? » Je réponds : « Oui, bien sûr. » Il poursuit : « J'ai décidé de me lancer... »

SFG : Il a fait la démarche de t'appeler !

EdR : Il m'annonce qu'il présentera sa candidature aux prochaines élections territoriales de la CTM, et il veut que je rejoigne son équipe. Je commence par lui répondre que c'est une mauvaise idée. D'abord, la politique, ce n'est pas mon truc. Et puis, un béké sur une liste, c'est la garantie de l'échec.

SFG : Tu lui dis ça ?

EdR : Oui ! Et il insiste : « La question n'est pas de savoir si la présence d'un béké me fera perdre ou gagner, mais plutôt d'assumer enfin une équipe qui soit le vrai reflet de la diversité martiniquaise. Une liste rassemblant des compétences issues de toutes les composantes de notre société. Dans ma liste, dit-il, il y aura des noirs, des Indiens, des Chinois, des zorey et des békés...

SFG : Ah ouais, faut respecter ça !

EdR : Alors je lui dis : « Mais Max, tu as réfléchi à ce que tu vas faire ? C'est... »

SFG : ... C'est inédit !

EdR : Il me dit : « C'est ma volonté. » Je lui réponds : « C'est de la folie, mais je respecte ta vision. Je la trouve audacieuse, courageuse, et en tout cas utile ! Parce que c'est clairement une liste d'unité que tu veux faire. Tu veux faire l'unité martiniquaise, c'est courageux. Mais tu vas te faire lyncher, il faut savoir ça ! » Et il me répond : « Mais toi aussi tu vas te faire lyncher ! » (*Rire*)

SFG : (*Éclat de rire*) Vous avez des échanges qui ressemblent un peu aux nôtres !

EdR : (*Rires*) Voilà à peu près comment tout a commencé. Jamais je n'avais été abordé politiquement de cette façon. Jamais on n'avait tenté de me convaincre comme ça. Et je dois t'avouer que ça m'a plu...

SFG : C'est la première fois qu'une formation politique t'approche de cette façon ! C'est-à-dire que tu as déjà été abordé.

EdR : Ah oui, plein de fois !

SFG : Oh ! Mais là tu as senti une autre sincérité, autre chose ?

EdR : Oui ! J'ai senti un idéal qui me parlait. J'ai alors posé une condition : je veux affirmer ma ligne politique qui consiste à renforcer le lien entre la Martinique et la France. Une ligne qui assume pleinement et sans complexe les trois composantes de notre identité : martiniquaise, française et européenne. Car à mon sens, le seul moyen d'arrêter notre déclin, c'est d'utiliser à fond tous les leviers que la France et l'Europe peuvent nous fournir. Quelques semaines après, j'ai rencontré l'équipe de Max : un petit groupe d'une dizaine de personnes, toutes très différentes, venues de bords différents, mais partageant toutes le même socle de valeur : humanisme, bienveillance, esprit d'ouverture... J'ai abordé ce groupe avec inquiétude, car au fond de moi j'avais la conviction d'être un fardeau. J'avais la conviction que je plomberais cette campagne. Il ne faut pas se raconter d'histoires : la présence d'un béké sur une liste est un handicap ! J'aurais compris que ce groupe soit hostile à ma présence, et je ne m'en serais pas formalisé.

SFG : Ce n'est pas le meilleur atout politique, quoi ?

EdR : Oh non ! Mais c'est tout le contraire qui s'est produit. J'ai été accueilli à bras ouverts, avec fraternité, et cela m'a profondément ému. On s'est tutoyé immédiatement, on s'est échangé nos numéros de téléphone...

SFG : Fort !

EdR : Cela m'a créé aussi une obligation, celle de tout faire pour gagner.

SFG : Alors attends. Je veux t'interrompre un peu. Je trouve encore une fois cette capacité que tu as à franchir les lignes très puissante. Ce marronnage constant que tu fais est inspirant. Tu ne restes pas dans ton pré carré ! Et souvent, la rencontre t'enrichit. Quelque part, elle te donne un capital confiance encore plus élevé pour croire en cette affaire !

C'est-à-dire cette idée que l'on peut être différent mais avoir des objectifs communs. Se connecter ne veut pas dire ne plus être soi-même ni renier ce qui est important pour nous. Dans une société minée par les divisions et les représentations, je trouve fort que tu n'obéisses pas aux injonctions des représentations.

Tu franchis les lignes ! Avec moi tu franchis les lignes, avec Max Orville tu vas dans les endroits ! À l'époque où tu étais président de Contact-Entreprises, tu allais voir des particuliers. Je me dis qu'il nous faut de plus en plus de « franchisseurs de lignes » jusqu'à ce que ça devienne normal et que les gens se disent : « Je peux franchir la ligne. »

Mais quand même, je vois que ce trait se dégage constamment de toi ! Pas qu'avec moi ! Et je trouve ça vraiment formidable ! Et moi, c'est ce que j'essaie de faire aussi. Ne pas rester dans un pré carré et constamment franchir les lignes. Un jour, je suis allé dans une maison de retraite, à Emma Ventura. Je suis allé là pour y faire une prestation. En franchissant la porte de cet établissement, je me suis rendu compte que je découvrais un univers, une partie du pays que j'ignorais ! Et je suis reparti en ayant une conscience plus aiguë de ces gens ! Les retraités qui vivent dans les Ehpad, tout ça. Mais cette conscience n'aurait jamais été modifiée si je n'avais pas été dans cet endroit – comme la conscience que tu as de notre diversité et de nos difficultés, de nos richesses en même temps, elle n'aurait pas été aussi aiguë si tu n'avais pas franchi les lignes pour aller dans d'autres endroits, pour te rendre compte par toi-même. Tu refuses de rester assigné à résidence identitaire.

Et cette démarche installe une forme de vulnérabilité, tu vois ! Et je trouve admirable ta façon d'accepter cette vulnérabilité. C'est-à-dire te retrouver dans une situation...

EdR : Oui. Peut-être.

SFG : ... Où tu n'arrives pas en disant : « Ben ouais, voilà ! » Alors que dans nos imaginaires, ta position ethnoraciale aurait pu faire que, en général, ces gens-là, *sé yo ka koumandé, kwa !* (Ce sont eux qui commandent, quoi !) Ce ne sont pas des gens qui arrivent, vulnérables, avec beaucoup d'humilité. Donc ça casse certains stéréotypes !

EdR : Mais ce qu'il y a de formidable aussi, c'est l'accueil que l'on reçoit. Je n'ai jamais été déçu par les rencontres et les réactions qu'elles peuvent provoquer... Je pense même que les rencontres créent de la bienveillance.

SFG : Ben oui ! Mais moi je suis en train de penser à cette question par rapport à notre dialogue, tu vois ?

EdR : Chaque fois que l'on franchit une ligne, contrairement aux idées reçues, il y a toujours du répondant en face ! Et c'est positif.

SFG : Quand je vais voir les lycéens ou quand je vais voir les détenus, on me demande souvent comment ça se passe. Moi non plus je n'ai jamais eu de gens qui m'ont dit : « *Fou mwa l'kan la ! Nou vé pa vwè'w, kwa.* Fiche le camp de là ! Nous ne voulons pas te voir. » J'ai toujours eu des gens réceptifs à cette humanité-là.

EdR : Moi aussi j'ai fait une rencontre avec des détenus – je t'avais déjà raconté ça – à la prison de Ducos.

SFG : Ah non, tu ne m'avais pas encore raconté ça ! Attends, je t'interromps. Le temps dont nous disposons sera bientôt écoulé mais je voudrais te parler aussi de mon engagement politique. Parce que c'est particulier ! Je t'écoute et je me dis : « Oh purée, je suis contre ça à mort ! » (*Rires*)

EdR : (*Rires*)

SFG : Mais quand je t'entends, je vois une espèce de moelle épinière commune. C'est-à-dire ce dialogue avec la République française d'adultes à adultes, et pas de gens qui viennent quémander des choses sans accepter les responsabilités qui vont avec ! Quand je t'entends dire ça, je me dis que nous avons quelque chose en commun. Et puis accepter pleinement ce que nous garantit notre appartenance à ces ensembles. Voilà à mon sens nos points de convergence. Après, concernant l'appauvrissement et la façon de faire pour dynamiser nos économies, leur donner plus d'assise, nous avons peut-être des points de divergence.

Mais ce que je trouve fascinant, c'est notre point commun ! Comme quoi, il est essentiel de pouvoir écouter l'autre. Juste les écouter, les laisser aller au bout de leur propos.

EdR : J'ai donc bénéficié d'un excellent accueil au sein de l'équipe de Max Orville. J'ai pu y exprimer clairement mes idées. J'y suis allé aussi pour proposer mes projets. J'ai quand même des idées claires, et il ne s'agissait pas pour moi de les brader !

SFG : Bien ! Tu as une consistance, quoi !

EdR : Peut-être. Il me fallait affirmer mes idées républicaines, ainsi que mes projets pour le développement économique de la Martinique. La Grande Dorsale par exemple, je sais que ce projet est polémique mais je crois vraiment qu'il est nécessaire[24].

Après le temps de mûrissement du programme, se pose la question des alliances. Des rencontres secrètes ont lieu entre candidats pour évaluer les compatibilités qui peuvent justifier d'éventuels rapprochements.

SFG : Avec mon parti en Guadeloupe, je vois ça aussi de l'intérieur !

EdR : À ce propos, je vais te raconter une anecdote de campagne. Nous avons rencontré une équipe concurrente, avec qui nous avons poussé les discussions jusqu'à obtenir un quasi-consensus. Nous sommes tombés d'accord

---

24. Voir ANNEXE 13 : “La Grande Dorsale”.

sur la ligne politique générale, sur le programme, sur la recomposition de la liste et le partage des équipes. Bref, pratiquement plus rien n'empêchait un accord de premier tour. Rien, jusqu'à ce que Max Orville pose la question de la présence d'un béké – ma présence, en l'occurrence – dans la liste recomposée.

SFG : (*Rire*)

EdR : (*Rire*) La question lui semblait évidente car il s'agissait du symbole de l'unité qui lui tenait tant à cœur. Pour Max, il était indispensable que la liste rassemble toutes les composantes de la société martiniquaise, y compris celle que certains pouvaient estimer illégitime à participer au concert politique. Cette demande de Max a semé le trouble en face, et nous avons quitté la réunion en laissant cette question en suspens.

Le lendemain, Max m'annonce que la négociation s'est arrêtée, car selon l'autre candidat, la présence d'un béké « faisait débat ».

SFG : C'est ce à quoi tu t'attendais !

EdR : Oui ! J'ai immédiatement proposé à Max de me retirer, considérant que cet accord de listes était bien plus important que mon sort personnel. Et sa réponse m'a scotché ! « C'est impossible, m'a-t-il dit. Ma volonté est d'afficher une preuve d'unité, car seule une vraie démarche d'unité peut sauver la Martinique. Par ailleurs, j'ai appelé un à un tous les membres de mon équipe pour avoir leur avis, et leur réponse a été unanime : "On a commencé avec Emmanuel, on finira avec Emmanuel". » Je ne m'attendais pas à ça ! Je ne m'attendais pas à ce que tous les membres de l'équipe aient préféré sacrifier un intérêt électoral au profit d'une valeur. Un tel esprit de solidarité de la part de personnes qui ne me connaissaient pas vraiment, ça m'a bouleversé !

SFG : Tu sens que tu as affaire à des gens de valeur.

EdR : Max et ses amis ont pris une décision forte et courageuse. J'ai donc décidé de livrer bataille à leurs côtés sans ménager ma peine. Cette réaction résulte simplement d'un premier rapprochement entre nous qui a suffi à créer des liens solides. Je crois beaucoup à la force des relations, à la force des rencontres. Il n'y a rien de plus fort que ça. Elles doivent être plus fortes que nos représentations sociales, nos clichés et même nos contextes ! C'est pourquoi la seule voie à suivre est celle du dialogue.

SFG : Mais quand tu regardes l'histoire du pays. J'imagine que l'on peut compter – sauf sous le régime de Vichy au moment de la Seconde Guerre mondiale – les békés qui se sont impliqués en politique ! Quand tu regardes notre histoire moderne, il n'y en a pas dix mille.

EdR : Il y en a très peu, en effet !

SFG : Et je trouve que c'est un bon message disant : « Nous faisons partie de cette société. Nous ne sommes pas pour ce repli morbide. Et nous voulons aussi, en tant que citoyens, participer et casser ces clichés. » Je trouve que c'est un beau message !

EdR : Oui.

SFG : Parce que ce qu'on entend parfois, c'est que les békés ne se mélangent pas à l'univers politique. Ils sont plus dans le business, dans l'économie. Mais en accomplissant cette démarche, qui ne procède pas d'un calcul de ta part, tu t'es simplement laissé conduire. Ça répond à un idéal, et pour moi c'est l'un des plus beaux messages lorsqu'on est amené à vivre en société. Et c'est ça la politique avec un grand « P »! C'est s'occuper de la vie de la cité. Nous faisons partie de cette cité. C'est un beau message aujourd'hui en 2021!

EdR: Oui, je pense que c'est un message indispensable. Nous sommes dans des sociétés qui trouvent partout des prétextes à se fracturer. Nous cherchons dans chaque événement de bonnes raisons de nous détester. Ce n'est pas propre à la Martinique! C'est propre au monde. Je pense que le monde se disloque. Les notions de bien commun, d'intérêt général, me semblent beaucoup plus faibles aujourd'hui qu'avant.

SFG: Ah oui, ça oui.

EdR: Nous nous regardons tous le nombril, nous ne voyons que midi à notre porte.

SFG: Même si de nouvelles solidarités sont nées depuis le début de la pandémie! Avec le Covid 19, nous avons vu de nouvelles solidarités se développer. Les gens ont ressenti le besoin d'avoir des structures publiques qui fonctionnent, quoi. Pour le bien des autres!

EdR: Oui! Mais dans le même temps, on voit surgir des théories complotistes, des mouvements ultra contestataires...

SFG: C'est l'humanité.

EdR: Eh oui!

SFG : Mais il est bon qu'il y ait des gens convaincus pour essayer de former un consensus, quoi.

EdR : Oui. La prochaine fois, il faudra que tu me racontes ton parcours et tes idées politiques !

SFG : Oui, avec plaisir ! Ç'aurait été bien que quand on recommence, tu me redonnes ton fil rouge. (*Sourire*) Que je puisse retrouver la même énergie pour dire ce que j'ai à dire. (*Rire*)

EdR : Ah oui ! Mais tu sais, je suis un libéral !

SFG : Dans quel sens : le sens francophone ou le sens anglophone ?

EdR : Je m'appuie sur la liberté d'entreprendre. Je crois aux capacités des personnes ! Je pense que toi tu as une vision plus systémique, plus socialiste au sens philosophique du terme.

SFG : Tu sais, quand je t'entends parler, je me dis que cette solidarité systémique n'est pas qu'une idéologie. Elle nous a vraiment aidés. Elle m'a aidé, moi, toi aussi peut-être à certains niveaux, à transcender certaines choses. Donc je trouve qu'elle joue un rôle, cette solidarité systémique. Je ne me décrirais pas forcément comme un libéral ou comme un socialiste, etc. Écoute, je trouve que ces mots sont piégés et parfois un peu simplistes. (*Rires*)

EdR : (*Rires*)

SFG : Mais je dirais que je crois, moi aussi, à la liberté d'entreprendre ! Je suis moi-même entrepreneur. Je crois dans le fait qu'on peut attacher ses souliers et se lever de certaines conditions à partir de notre génie intérieur. Je suis le fruit de ça ! J'ai créé une première boîte qui n'a pas marché. J'ai créé une maison d'édition, c'est une boîte qui fonctionne bien ! Là j'aimerais ouvrir un store très bientôt à Fort-de-France pour la continuité de cette boîte. Donc moi je crois dans ce libéralisme, au fait que nous pouvons entreprendre et nous devons entreprendre ! Ne pas nous appuyer constamment sur cette solidarité systémique, nous sommes d'accord ! Mais je crois aussi en la force de cette solidarité systémique pour faire avancer certaines personnes. Je pense que les deux sont importants, je ne me laisse pas anesthésier par l'un ou par l'autre.

EdR : Oui. Au terme de nos échanges, on aboutira peut-être à une synthèse de tout ça. Je sais que tu as aussi un parcours religieux.

SFG : Faudrait qu'on en parle d'ailleurs.

EdR : Il faudra qu'on en parle, parce que la notion de bien commun est une notion intéressante !

SFG : Yes, sir !

EdR : C'est bien là que l'on retrouve la force de la personne au service du collectif ! La synthèse des approches individuelle et systémique.

SFG : Ah oui ! Ça me fait penser à cette notion qu'ils ont aux États-Unis, de *give back*. C'est-à-dire que si toi, tu es arrivé à transcender tes conditions socioéconomiques d'origine et qu'aujourd'hui tu jouis de privilèges, l'un de tes devoirs – entre guillemets, ce n'est pas impératif ! – est de te retourner pour voir comment tes privilèges peuvent t'aider à redonner. *Give back.*

Je vois beaucoup cette mentalité dans la communauté africaine-américaine. Même parfois aussi chez les Blancs Américains bien sûr.

Et quand parfois les gens m'accusent, ou accusent des personnes qui ont des privilèges chez nous – par exemple de bien gagner leur vie, de ne pas souffrir de tel ou tel mal –, moi, je réponds souvent : « Les privilèges ne sont pas le problème. Le problème est de savoir ce que nous faisons de ces privilèges. » Si j'ai des privilèges et que je les utilise pour mon seul bénéfice, ou pour le bénéfice de deux ou trois personnes, ça peut être un problème. Mais si mes privilèges me permettent de me retourner ou d'entreprendre certaines choses afin de changer la donne pour d'autres personnes, là je trouve que c'est noble d'avoir ces privilèges !

EdR : Oui ! Un élément qui illustre bien ça, c'est la notion d'entreprise. La force individuelle de l'entrepreneur se met au service d'un collectif. L'entreprise est un bien commun qui appartient à l'ensemble du collectif. C'est ça l'entreprise ! Ce n'est pas juste le patron.

SFG : C'est cette idée qu'il y a dans notre psyché ! À cause aussi de notre histoire !

EdR : Mais c'est là qu'il y a un vrai malentendu ! Parce que le principe même d'entreprise, c'est d'embarquer une collectivité dans un projet...

SFG : C'est vrai.

EdR : ...qui répartit la richesse du mieux qu'elle peut entre tout le monde. C'est important de nous réconcilier là-dessus !

SFG : Je te rejoins, et j'essaie de penser de plus en plus à ça ! J'ai entendu un chef d'entreprise dire un jour qu'une entreprise, c'est quelqu'un qui décide de prendre des risques, et d'emmener d'autres personnes avec lui. Mais celui qui prend les risques, c'est lui, tu vois. Je crois que nous devons restaurer notre vision de l'entreprise, qu'elle ne soit plus aussi manichéenne.

EdR : Absolument.

SFG : Je reste conscient aussi, en tant qu'observateur, que la notion de travail chez nous est minée ! Nous avons un gros travail à faire dessus ! Cette notion même, peu importe l'angle sous lequel nous la considérons, aux Antilles, lorsqu'on parle du travail, ce domaine-là... Pfff !

EdR : Ah c'est compliqué !

SFG : Ahhh oui ! Tu sais ça donc...

EdR : Oui, Jeanne Wiltord en parle pas mal aussi.

SFG : Ary Broussillon en parle aussi, c'est un sociologue guadeloupéen. Il a rédigé un ouvrage sur la question, qui s'intitule *De la Nègattitude au travail*. Le livre est bien fait ! Parce que justement, il bouscule les stéréotypes, les clichés qui ont été construits sur la relation des Antillais, des noirs au travail.[25]

EdR : Le psychologue guadeloupéen Errol Nuissier a aussi écrit quelque chose sur le « fanntchouisme » ![26]

SFG : Il a fait un truc sur le « fanntchouisme » récemment ?

---

25. Voir ANNEXE 14 : De la Nègattitude au travail.

26. Voir ANNEXE 15 : « Le fanntchouisme ».

EdR: Oui ! j'ai assisté à une conférence de lui, sur ce concept.

SFG: Il a écrit aussi sur les sociétés créoles, sur la violence, sur le sexe.

EdR: Sur la violence, oui. Mais son dernier truc sur le fanntchou, c'est un peu ça aussi ! C'est lié...

SFG: ... À notre histoire tu veux dire ?

EdR: Oui.

SFG: Ouais, ce n'est pas faux ! J'aurais bien aimé connaître ses arguments. (*Sourire*) Bon, eh bien en tout cas c'était super riche aujourd'hui ! La prochaine fois, il faut qu'on essaie de parler de politique et un peu de religion.

Jour 7

EdR: Parlons aujourd'hui de ton engagement politique.

SFG: En venant à notre rendez-vous, j'y ai réfléchi, et j'ai réalisé qu'il s'est présenté en plusieurs phases. Une première phase quasi génétique, parce qu'en fait j'ai un oncle en Guadeloupe qui s'appelle Harry Durimel. Il est connu, il est engagé en politique, et depuis ma tendre jeunesse, c'est un héros pour moi.

Il m'a sensibilisé à plusieurs choses, et il évoquait souvent la mémoire de son grand-père, donc de mon aïeul, qui a été élu maire de Pointe-à-Pitre, et qui malheureusement n'a pas pu entrer en gouvernance parce qu'il est mort le soir de l'élection ou le jour d'après.

EdR: Ah bon ?

SFG: Oui.

EdR: Dans quelles circonstances est-il mort ?

SFG : Justement, c'est mystérieux. Certains historiens disent qu'il est mort de mort naturelle, suite à un malaise. D'autres personnes suspectent un assassinat. Et mon oncle penche plus pour cette hypothèse.

EdR : Il aurait été assassiné par qui ? Ses opposants politiques ?

SFG : C'est ce qui se dit. Je ne sais pas tout parce que je découvre au fur et à mesure. Récemment, j'ai découvert la thèse d'une historienne guadeloupéenne qui disait qu'Amédée Fengarol n'avait pas été assassiné.[27] J'ai souvent entendu l'histoire de cet arrière-grand-père qui était communiste, engagé dans la ville de Pointe-à-Pitre, pour la Sécurité Sociale en Guadeloupe. C'est quelqu'un qui n'a pas ménagé ses efforts pour apporter sa pierre dans ce combat. C'est mon oncle qui m'a aidé à prendre conscience de l'importance de cet homme.

EdR : C'était en quelle année ?

SFG : La Sécurité Sociale en Guadeloupe ? Il faut remonter. Peut-être entre les années 1940 et les années 1960, il faudra que je recherche.[28]

SFG : Donc tu as ce côté génétique. Et puis j'ai souvent été engagé dans des associations. Elles ont été ma première forme d'engagement et de militantisme politique. Que ce soit à la fac ou dans des actions bénévoles que j'ai menées au sein d'associations ou à partir d'associations que j'avais créées. La dernière en date s'appelle « Faire une différence ». L'objet de cette association était

---

27. Voir ANNEXE 16 : Amédée Fengarol, une figure contestée.

28. Voir ANNEXE 17 : « La Sécurité Sociale en Guadeloupe ».

de prévenir la délinquance par le biais de la culture populaire et l'écriture créative.

Donc j'allais dans beaucoup d'établissements scolaires pour faire ça par conviction. C'était ma façon de contribuer au mieux-vivre dans la cité. J'ai fait ça pendant de longues années, il m'est arrivé de former aussi des gens.

À un moment donné, j'ai commencé à lire sur l'économie, et mon engagement politique a pris une autre forme, même si l'engagement associatif, militant et bénévole a continué. Mon action est devenue plus politicienne, au sens premier du terme. C'est à ce moment que je me suis encarté, que je suis devenu membre d'une formation politique. Il y a 6 ou 7 ans, je suis devenu membre du CIPPA, Comité d'Initiative pour un Projet Politique Alternatif. C'est un parti politique fondé par Alain Plaisir dit « Le Sage » lors des événements de 2009 et d'autres camarades. C'est une formation dans laquelle je me suis retrouvé parce que ses ouvrages sur l'économie m'ont aidé à mieux comprendre nos défis.

J'appartiens à ce groupe politique. Comme je te l'ai dit, je n'ai pas eu une formation de militant politique classique. Ce sont les livres d'Alain Plaisir qui m'ont amené à ses idées. Lui, je le connaissais déjà. Quand j'ai su qu'il avait une formation politique, je m'en suis rapproché. Et en lisant, je me suis dit : « Ces idées me parlent. » Je me sentais moins bête vis-à-vis de la question économique, domaine crucial pour nous. Et l'humanisme que j'y ai trouvé aussi a su me convaincre.

Il n'est pas question de rabaisser les autres simplement parce que nous ne sommes pas d'accord avec eux. Les décisions sont prises de façon collégiale. Il y a une grande rigueur, une grande transparence. Alain est très vertical. C'est un ancien douanier, c'est quelqu'un de très procédurier, et qui en même temps, je trouve, a une bonne acuité politique. Il a une bonne connaissance de l'histoire, de l'économie, et une éducation politique qui force le respect. Donc voici ce qu'est devenu mon engagement politique depuis quelques années. Même si les autres aspects de mon engagement demeurent.

EdR : Quel est ton rôle au sein du CIPPA ?

SFG : Je fais partie du bureau politique.

EdR : Le parti se présente-t-il à des élections ? Le CIPPA a-t-il des échéances ?

SFG : Il y en a, mais ce n'est pas un parti qui va se présenter systématiquement à toutes les élections. Il s'est présenté aux élections régionales, qu'il juge importantes pour la gouvernance de la Guadeloupe. C'était déjà le cas il y a 5 ans, le CIPPA s'était présenté aux régionales. Aux municipales, le parti a soutenu quelques listes de militants qui voulaient s'engager.

J'apprends en même temps. Il y a un langage, une façon d'être au sein des partis, je découvre et je trouve ça vraiment intéressant. Ça me plaît beaucoup. En tant qu'artiste et intellectuel, ce que j'essaie de faire, c'est de diffuser les idées. Alain dirait, dans sa langue : « Faire de la propagande. » (*Rire*)

J'utilise aussi mon capital sympathie, mon capital acquis par mon travail, mon engagement aussi, pour pouvoir diffuser certaines idées du parti sans pour autant me fermer, devenir intolérant et sectaire. J'ai des amis dans d'autres formations politiques au pays. Je veux parfois les soutenir, pas forcément par ma présence mais sur les réseaux sociaux.

Je fais en sorte que mon engagement partisan ne m'oppose jamais viscéralement à d'autres Guadeloupéens. J'essaie d'éviter de voir d'autres Guadeloupéens comme des ennemis. Je ne veux pas tomber dans ce piège de l'électoralisme. J'essaie d'éviter ça à tout prix.

EdR : Peux-tu me résumer la ligne politique du CIPPA ?

SFG : Beaucoup de choses commencent par l'économie. Et la question identitaire peut être un piège si on ne se concentre que sur elle pour l'avenir du pays. Bien sûr, ça m'amène à préciser que le CIPPA n'est pas favorable à une économie sans foi ni loi, dans laquelle ceux qui sont capables d'investir ou d'importer accaparent le marché et dominent les échanges économiques.

EdR : Le CIPPA s'oppose-t-il au système capitaliste ?

SFG : Je n'irais pas jusque-là. Nous faisons partie d'un système mondial ! Nous ne devons pas simplement considérer nos pays ! Nous devons comprendre le commerce mondial pour savoir comment nous y intégrer et mieux en tirer parti. Notre parti milite aussi pour une dose de protectionnisme. Le CIPPA milite pour que nos pays redeviennent des pays producteurs, même si les autres secteurs se développent ! Mais nous croyons que l'avenir du pays passe aussi par sa capacité à produire et à défendre nos produits face à un libre-échange sans foi ni loi.

Pour le petit peuple que nous sommes – et je crois que certains aspects de notre situation sont aussi valables pour la Martinique – l'objectif est de pouvoir se mettre debout, de pouvoir s'auto-suffire dans certains domaines. Être plus autonomes et moins bâtir à partir de la dépendance. C'est un peu ça la ligne. Une gouvernance qui reste dans le cadre de la République mais dans laquelle nous avons la main sur le pouvoir fiscal, où nous sortons du régime douanier européen. Sortir du régime ne veut pas dire sortir de l'Europe, c'est tout simplement sortir de l'obligation de réciprocité entre nos marchés économiques. Il s'agit d'avoir en tant que petit pays, une meilleure marge de manœuvre comme tant d'autres y arrivent.

La différence que j'ai trouvée, c'est qu'il y a là des écrits, et il y a des projets chiffrés. Ça manque ! Des écrits sur l'état du pays, le montant et la nature des investissements. Imaginons que demain, nous soyons en capacité de diriger, comment on organise ce budget ? Quelles sont les nouvelles recettes, quelles dépenses sont à prévoir ? Il y a une vraie réflexion et moi, ça me parle !

Donc je ne vais pas trop tomber dans la caricature, je trouve que c'est un parti assez réaliste. C'est sûr qu'on le placerait à gauche de l'échiquier politique. Mais je trouve intéressant qu'il se dise : « Appuyons-nous sur les forces du pays ! Privilégions les industries et les producteurs du pays. »

La pensée d'Alain Plaisir est tellement fluide qu'il m'a donné l'audace de lire d'autres économistes, ce que je ne faisais pas avant. C'est selon moi l'un des rares partis en Guadeloupe qui ait un discours théorique économique assez réaliste. Encore une fois, je ne veux pas tomber dans les clichés.

EdR : C'est un parti qui s'oppose à la libre entreprise, qui est plutôt dans une logique de nationalisation des entreprises ?

SFG : Non, je le vois comme un parti qui est pour le fait de libérer les énergies. Notre façon de voir est la suivante : nous sommes un petit pays, et le cyclone de la mondialisation ne fait pas que des heureux. Nous disons que nous devons être en capacité de mieux profiter de ses vents mais en faisant ce qu'il faut pour mieux protéger notre marché intérieur.

EdR : Relocaliser la production, mais pas forcément en nationalisant les entreprises ?

SFG : Non ! Le monde a changé, ce discours me semble un peu dépassé. C'est un parti qui dit : « Ce n'est pas l'indépendance qui compte ! » J'apprécie ce franc-parler. Nous ne disons pas pour autant qu'il faut rester dans la dépendance. Quand je regarde ce qui se passe à Trinidad, en Jamaïque, dans d'autres pays dans le monde, je vois que ces pays sont indépendants sur le papier, mais ils sont dépendants d'autres structures ! Donc nous devons apprendre de toutes ces expériences. Autant que les expériences inspirantes de la Barbade, de la Polynésie ou encore de Saint-Barth.

EdR : Et le rapport des Antilles à la France par exemple, comment l'envisage le CIPPA ?

SFG : C'est là où je te rejoignais ! La dernière fois quand tu m'en parlais, la façon dont tu vois le rapport à la France, un rapport d'adulte à adulte. Un rapport dans lequel on ne tient pas un discours en Guadeloupe, et un discours différent à Paris. Une relation au sein de laquelle on ne rechigne pas devant les responsabilités. L'un des mots d'ordre du CIPPA aux dernières élections, c'était : « La responsabilité et la dignité. »

Mais je conçois que ça puisse être parfois compliqué parce que nos populations ne font pas suffisamment confiance aux élus en place pour remettre entre leurs mains d'autres pouvoirs. Nous au CIPPA, nous sommes pour l'autonomie ! Mais les électeurs ne font pas suffisamment confiance à ceux qui sont en poste pour leur donner plus de pouvoir, et je trouve que nous sommes dans une impasse qui mérite réflexion. Cette situation exige aussi qu'il y ait d'autres forces politiques, d'autres visages !

C'est pourquoi en Guadeloupe, d'autres visages sont apparus à l'occasion des régionales 2021 avec un discours clairement favorable à la responsabilité et à la dignité. La formation politique « Nou » a su toucher le cœur des Guadeloupéen.e.s.

EdR : Le CIPPA a présenté une liste aux régionales ?

SFG : Absolument.

EdR : Et vous avez fait quel score ?

SFG : Un mauvais score – 2,54 % des suffrages exprimés – et nous devons nous réunir pour en tirer les leçons. Je pense que nous devons apprendre des choses quant à la façon de communiquer en politique. Mais je trouve intéressant que le CIPPA ait réussi à diffuser des idées dont on n'entendait pas parler avant. Si tu reprends les *France-Antilles* d'il y a 5 ou 10 ans, très peu de responsables politiques au pouvoir prononçaient les mots : « autonomie », « responsabilité ».

EdR : L'autonomie pour toi, c'est un axe fort de la proposition du CIPPA ? C'est une autonomie comme celle que porte le PPM (Parti Progressiste Martiniquais) ?

SFG : Je réfléchis beaucoup à cette question. Et pour moi, le CIPPA a été un acteur de la diffusion de ce genre d'idées parce qu'on n'entendait pas ça avant. Certaines personnes se sont reconnues dans ces idées, elles ont monté leur groupe politique sur cette base, c'est bien.

Mais pour répondre à ta question, malgré la défaite électorale qui laisse un goût amer, je disais à Alain que notre formation a semé des graines puissantes dans le débat public. Elles ne portent pas leurs fruits comme nous le voudrions, seulement elles font leur chemin dans la conscience de nos gens.

J'ai compris en vivant en Martinique que le mot « autonomie » renvoyait à des choses complètement différentes, selon qu'il était prononcé en Guadeloupe ou en Martinique. En Guadeloupe, que je sache, il est d'abord porté par les communistes durant les années 1940, 1950, 1960. Quand je lis certains documents, je retrouve ce mot dans leurs discours. Et le Parti Communiste en Guadeloupe est toujours là. Il a toujours son organe médiatique, *Nouvelles Étincelles*, qui défend ses idées, voire peut-être plus !

Par contre, quand on parle d'autonomie ici en Martinique, tout de suite, le mot se rattache à un parti politique – le PPM – et à un homme politique, Aimé Césaire. Je trouve que l'idée est assez différente parce que ce qui a manqué à mon avis – je vais me faire des ennemis (*sourire*), et je parle peut-être aussi par ignorance – c'est la feuille de route. Je trouve que parler d'autonomie sans donner une feuille de route claire et précise, ça ne peut pas emporter l'adhésion des gens. Aussi aimant que l'on puisse être du leader charismatique qui porte l'idée ! S'il n'y a pas de feuille de route et qu'on demande un moratoire ou un délai, comme en 2009 en Guadeloupe, pour présenter un projet sans jamais le faire vraiment, on loupe un rendez-vous avec nous-mêmes... Parfois, ce qui a manqué, c'est ça, la feuille de route. Autant le côté idéologique et culturel a beaucoup été élaboré ici en Martinique par certains penseurs, autant il a manqué ce côté froid et réel des chiffres et de l'économie.

EdR : Comment définirais-tu l'autonomie sur le plan politique ?

SFG : C'est déjà un chemin qui est encadré. C'est un chemin qui dit : « Nous domicilions chez nous un certain nombre de pouvoirs, notamment le pouvoir fiscal, la capacité de mieux produire du droit local, de mieux dynamiser notre économie, de prendre certaines décisions, de mieux échanger avec les pays autour de nous, reprendre le contrôle de notre Zone Économique Exclusive, mais dans le cadre de la République. Les pouvoirs régaliens comme la justice, l'armée, nous ne sommes pas obligés de récupérer ces compétences. On peut les laisser à la République. On ne part pas sans savoir où on va. *A pa on chat an sak.* »

Et je vois l'autonomie comme un pas de responsabilisation sans perdre les acquis sociaux qui me semblent très importants ! Il n'y a aucune honte à dire que notre peuple a travaillé pour avoir les acquis sociaux que nous avons obtenus dans les années 1940, 1950, 1960 donc ce n'est que justice de tout faire pour les garder. Je trouve intéressant d'avancer vers la responsabilité sans perdre nos acquis concernant les infrastructures et la santé de nos populations.

C'est comme ça que je définirais l'autonomie : un chemin cadré qui permet de libérer les énergies. Maintenant, je ne m'enferme pas dans ce que la Constitution française a prévu. On peut produire du droit !

EdR : Question sensible : est-ce que tu te sens Français ?

SFG : Oui !

EdR : Est-ce que tu es Français autant que tu es Guadeloupéen ou Martiniquais ? Est-ce que tu hiérarchises tes identités ?

SFG : Waouh ! Déjà, je me sens Français mais pas que Français. Je me sens Français mais le fait de dire que je suis Français ne suffit pas à résumer mon identité, c'est une violence que de m'y obliger. Donc il faut me permettre de rajouter autre chose : oui, Français. Je suis Guadeloupéen, je suis aussi Martiniquais. On pourrait ajouter d'autres qualificatifs : on me met dans la catégorie des afro-descendants, des Afro-Guadeloupéens ou des Afro-Martiniquais.

Mais j'ai résolu ce dilemme. Je ne veux pas choisir, je ne veux pas hiérarchiser. Pour moi c'est une identité complexe qui reflète tous ces aspects. Aimé Césaire disait que « l'âme antillaise est divisée » mais on peut aussi dire qu'elle est multiple.

EdR : Je te rejoins, mais il n'empêche qu'il existe une ligne de fracture politique sur cette question. Une ligne que l'on n'exprime pas toujours ouvertement, mais qui existe vraiment.

SFG : À quoi penses-tu, où se situe la ligne de fracture ?

EdR : Cette ligne consiste à hiérarchiser nos identités, et cette « compétition des identités » nous fait verser dans un camp ou dans un autre. Suis-je plus Français que Martiniquais ou Guadeloupéen ? Plus Martiniquais ou Guadeloupéen que Français ?... J'ai le sentiment que chez nous, la vieille partition droite-gauche a laissé la place à cette nouvelle partition identitaire.

SFG: Très intéressant! Je trouve que ramené à notre réalité, le degré francité fait-il du bien à notre pays? À quel moment le fait d'avoir plus ou moins conscience d'être Français nous permet de répondre à nos préoccupations ? Je n'ai pas l'impression que ça soit une question phare. Et souvent ça nous a mis en compétition !

EdR: Il y a un match de foot qui a démarré il y a 22 minutes (match de 1ère poule de l'Euro 2021 entre la France et la Croatie). Est-ce que tu vibres pour ce match ?

SFG: Non, pas avec mon cœur! C'est une compétition sportive, je ne vais pas vibrer pour ce match comme je vais vibrer ce soir pour la rencontre Matinino / Gwada Boys (Rencontre amicale avant le tournoi qualificatif pour la Gold Cup). Quand j'ai entendu la nouvelle, je me suis dit: « J'aurais aimé que les Gwada Boys gagnent! » (*Sourire*) Mais je n'en fais pas une question pour clouer les gens au pilori! Le sport fait appel aux émotions. Pour ma part, je préfère le basket. Et au basket, ce sont des équipes américaines et pourtant je vibre avec mon cœur pour certaines équipes. J'apprends à dépassionner ces questions. Cette façon d'envisager les choses me semble trop étriquée par rapport aux grands enjeux qui sont en cause. Ceci dit, je ne veux pas choisir. Je veux pouvoir être un homme ancré dans sa réalité, qui demeure lui-même, tout en s'ouvrant aux autres.

EdR: Nous sommes en phase. Mais c'est courageux de dire ça parce que c'est le meilleur moyen d'être fort dans ses identités. Nous avons répété la même chose à plusieurs reprises dans nos échanges : nous sommes traversés par des identités. Et quand nous commençons à choisir, c'est là que nous faisons des erreurs.

SFG : Je fais la différence entre cet échange que nous avons d'une part, et d'autre part certains contextes qui nous poussent à choisir, qui nous renvoient à nos identités. Quand je vais aux États-Unis et que j'arrive dans un aéroport, je sais que je suis un homme noir ou un afro-descendant. Ici aussi, certains rapports me renvoient à cette identité. Pour toi c'est pareil j'imagine, avec les avantages et les inconvénients qu'induit cette vision des choses.

EdR : L'identité, c'est le regard de l'autre ! Ce n'est pas seulement ta décision.

SFG : Yeah man ! (*Rire*) C'est fort ! Et encore une fois, cette identité dans laquelle on m'enferme peut être un avantage ou un inconvénient. Je ne suis pas de ceux qui estiment que c'est seulement un inconvénient. Je suis allé à Port-au-Prince, à Kingston et quand j'y étais, je marchais tranquillement dans les rues. Peut-être que tu aurais eu plus de difficultés que moi ! (*Sourire*)

J'en rigole aujourd'hui. Mais c'est la première fois que je me suis dit en tant qu'étranger quelque part : « Tiens ? Je me fonds dans le décor. On ne remarque pas que je suis étranger. » Et nombreux sont les Noirs Américains qui éprouvent un choc en venant ici. Ils se rendent compte qu'ils sont en majorité, et pour eux c'est comme une thérapie. Tout ceci pour dire que je fais bien la différence entre les situations sociales et ce dont nous parlons.

EdR : Quelles sont les trois idées fortes de ton parti, le CIPPA ?

SFG : J'aime ta curiosité et ton goût des autres. (*Sourire*) La première idée serait : « Repartir à la conquête de notre marché intérieur. »

EdR : C'est une ligne économique pragmatique...

SFG : Il le faut. C'est ce qui génère de l'argent, et tout en découle. Quand tu as des injustices sociales plus un manque de socioéconomique, de vraies insatisfactions, ça engendre la colère, de l'intolérance, de l'impatience et la discrimination raciale qui fait le lit de la division. La situation socioéconomique, c'est le point de départ.

EdR : Je suis d'accord. La source première de tout c'est l'économie, c'est ce qui fabrique tout le reste. Qu'on le veuille ou non.

SFG : Oui, et je le comprends de plus en plus. À cette notion, je vais adosser la deuxième idée phare du CIPPA, qui est : « Plus de bien-être dans la vie des Guadeloupéens. » Une idée assez humaniste, adossée à cette idée économique formulée d'entrée de jeu. Quand je parle de bien-être, ça touche à tout : la réorganisation du transport, la réorganisation du commerce, la façon dont le pays se déploie, dont les activités économiques se déploient.

EdR : Le temps de travail ?

SFG : Oui ! Le temps de travail, les salaires... Et puis la troisième idée qui me semble importante, c'est cette notion de responsabilité. L'homme et la femme guadeloupéens ont démontré à maintes reprises qu'ils sont capables de mener à bien des projets, de diriger certaines choses, d'en inventer. Et je finirai en disant qu'en tant que Guadeloupéen et Martiniquais d'adoption, je trouve que nombreuses sont les propositions du CIPPA qui peuvent s'appliquer à la Martinique parce que nos situations ne sont pas si différentes, nos défis ne sont pas si éloignés !

EdR : À l'instar du triptyque français « Liberté, Égalité, Fraternité », ta devise serait donc « Autonomie, Bien-être, Responsabilité » ?

SFG : Dit comme ça, tu me renvoies une image intéressante, comme dans un miroir. Et quand je parle d'autonomie, je n'en parle pas comme un idéologue. C'est quelque chose que je veux vivre !

EdR : Oui ! Ce que je comprends de ta vision, c'est l'autonomie alimentaire, l'autonomie de production, l'autonomie énergétique... On doit dépendre moins des autres sur tous ces plans. C'est bien ça ton idée ?

SFG : Oui, absolument. Et quand je te dis que je n'en parle pas comme un idéologue, ça signifie que j'essaie de pratiquer moi-même cette autonomie. C'est pour ça que j'ai monté ma maison d'édition ! Ce n'est rien d'extraordinaire, mais c'est ma façon à moi de me montrer que je peux prendre des initiatives et les mener à bien. Construire des modèles pour créer, proposer autre chose dans mon champ d'expertise. Je trouve ça plus parlant. Le temps est venu d'être moins dans l'idéologie, et de faire véritablement.

EdR : Selon toi, la pensée d'Aimé Césaire, quand il a créé le PPM (Parti Progressiste Martiniquais), s'est distinguée de la vision guadeloupéenne de l'autonomie, du fait de sa rupture avec le Parti communiste ?

SFG : Je ne saurais pas répondre à cette question parce

qu'il me manque clairement des informations à ce sujet, je ne sais pas du tout. Mais je vois quand même que les dynamiques politiques et les figures politiques sont légèrement différentes. À cette époque, il y a un Césaire qui s'impose en Martinique. Nous aussi, nous avons Gerty Archimède, Rosan Girard, Paul Valentino.

Nous avons des représentants politiques – députés, sénateurs – qui sont là, mais qui n'ont peut-être pas la double stature d'Aimé Césaire. Ce double mandat culturel et politique. C'est ce que m'inspire ta question. Quoi qu'il en soit, je pense qu'il faut vivre l'autonomie, la pratiquer.

C'est pourquoi je m'intéresse de plus en plus au fonctionnement de l'économie chez nous et ailleurs. Je m'intéresse de plus en plus à la vie de l'entreprise. Et la vie de mon entreprise me demande de l'humilité vis-à-vis des chefs d'entreprise. Parce que je vois la pression qu'engendre ces responsabilités ! Or moi je n'ai pas à gérer le flux et les responsabilités de certains patrons d'entreprises. Mais la gestion de ma maison d'édition m'offre l'opportunité de comprendre ce phénomène de l'intérieur.

Donc je n'en parle pas comme un dogmatique, mais je vois quelles peuvent être les contraintes, ce que ça demande en termes de créativité. Quand je vois des personnes qui ont donné vie à leurs projets, elles ont réussi à les pérenniser, j'essaie de comprendre comment ça fonctionne.

EdR : Y a-t-il des formes d'économie que privilégie le CIPPA ? Je pense en particulier à l'économie circulaire, qui consiste à transformer nos déchets en ressource et qui favorise les circuits courts, et donc les logiques de relocalisation de la production.

SFG : Je me suis penché sur certains systèmes. Je me suis penché sur la pensée d'économistes spécialisés dans l'économie des pays en voie de développement. Pas aujourd'hui, je parle du temps où la Corée, le Japon, la Chine, étaient des pays en voie de développement ! Ça m'intéresse de voir comment ces économistes pensent l'économie à partir de pays qui ont eu nos défis. Des pays qui n'étaient pas hyper industrialisés : comment ont-ils fait ? Je m'intéresse à ça, et aussi à ce que tu viens d'évoquer, tout ce qui est économie solidaire ou circulaire. Je ne prône pas un modèle ou un autre ! Il est sûr que les questions environnementales me préoccupent.

Maintenant, je raisonne aussi par rapport aux besoins. Un bon produit est un produit qui répond à un besoin ! C'est bête et méchant. Si le produit ou le service répond à un besoin exprimé par le public, ça baisse un peu le budget marketing, ça demande de l'huile de coude, ça demande aussi d'avoir des équipes... J'apprends ça ! Dès qu'on a une idée intéressante, j'aime voir comment elle prend forme !

EdR : Tu connais l'économiste Gunter Pauli ?

SFG : Non, pas encore.

EdR : Si tu ne le connais pas, je souhaite te faire découvrir Gunter Pauli. Retiens bien son nom, il devrait t'inspirer. On le surnomme « le Steve Jobs du développement durable ». Gunter Pauli est un industriel belge qui développe des projets tous azimuts autour de l'économie bleue, une économie qui part du principe que nos déchets sont avant tout des matières premières.

Ainsi, le marc de café est un formidable substrat pour faire pousser des champignons, les déchets pierreux peuvent servir à fabriquer du papier, le CO_2 peut être recyclé en carburant de synthèse, les sargasses en amendements organiques ou en produits cosmétiques... Selon la logique de Gunter Pauli, on doit pouvoir éradiquer tous les déchets de la terre, dès lors qu'ils ont chacun une valeur de ressource. C'est donc une économie de relocalisation de la production, avec pour exigence d'éliminer les impacts négatifs pour l'homme et la nature. Mieux, de régénérer la vie.

En septembre 2020, mon épouse Dorothée, alors présidente du Réseau Entreprendre, a invité Gunter Pauli en Martinique, afin qu'il partage sa vision avec les différents acteurs économiques de l'île, et en particulier avec les jeunes porteurs de projets martiniquais dont elle s'occupait. Pendant son court séjour, il a pu rencontrer pas mal de monde, et il a donné une grande conférence à l'hôtel Batelière qui a réuni plus de 250 personnes : essentiellement des personnalités d'entreprises, des jeunes porteurs de projets... aucun politique !

Je suis sûr que la vision de Gunter Pauli t'intéressera, car elle est alternative aux schémas classiques ; le profit à tout prix n'est plus au cœur de la mission économique. C'est la recherche du bien commun qui guide l'action, sans bien sûr renoncer aux exigences de rentabilité. Les entreprises doivent être vertueuses pour la collectivité tout en étant économiquement performantes.

SFG : Ah oui, tu piques ma curiosité ! N'hésite pas à m'envoyer le lien vers ces informations. En t'entendant, je me rappelle que nous devions évoquer l'impact de ce dialogue sur nous.

Si je devais dire son impact sur moi, je rappellerais que je suis celui qui a écrit le *Discours sur le néocolonialisme*.

Quand je le relis, je trouve que certaines parties sont vraiment hardcore ! Le fait de parler avec toi m'a aidé à considérer les personnes békées avec plus de nuances et de moins les assigner à résidence identitaire, si je peux m'exprimer ainsi.

Quand je pense cette question, un élément humain s'introduit dans mon esprit. Avant, quand je l'envisageais, je ne considérais que les données froides dont je disposais : le poids de l'histoire, certaines attitudes, certaines postures, mon propre parcours. Ce n'est pas quelque chose que j'aurais pu dire lors du procès des activistes accusés d'avoir vandalisé la rhumerie JM. J'ai dit à l'avocat qui m'interrogeait : « Honnêtement, des békés j'en connais peu. Mais récemment, j'ai commencé à parler avec l'un d'entre eux. C'est la première fois que j'entre en contact avec une personne de cette communauté. »

Ce contact humain m'a permis d'aborder cette question avec un peu plus de recul. Une fois, j'ai pris la parole à une conférence et on m'a demandé si je souhaitais citer un auteur. J'ai tout de suite pensé à Claude Beuzelin et à son livre alors j'ai dit : « Je vais citer un auteur martiniquais que l'on classe chez les békés mais dont je me sens proche parce que quand je le lis, je vois qu'il a une conscience identitaire, une conscience politique à laquelle j'adhère. Mon adhésion transcende la notion de représentation, je ne considère plus seulement la communauté qu'il est censé représenter au pays. »

Voilà. Il y a l'élément humain. Et j'arrive à faire la différence entre une pensée ou une mentalité dominante au sein d'un groupe, et les façons différentes d'être dans le groupe. Par exemple, je fais partie de certains milieux militants, et parfois il peut y avoir des idées dans lesquelles je ne me reconnais pas. Je n'irai pas jusqu'à dire : « Je ne suis pas un militant, il ne faut pas m'associer aux autres militants dans le pays. »

J'ai simplement un peu de nuance. Je ne me reconnais pas systématiquement dans tout, mais j'ai le droit de choisir et de ne pas être d'accord avec les personnes auxquelles je m'affilie. Pourquoi ne pas envisager d'être une source de changement ? Voilà ce que ça m'inspire. Et toi, que dirais-tu de l'impact de ce dialogue sur toi ?

EdR : L'expérience que nous venons de vivre démontre la puissance du dialogue. Car au-delà des clichés, c'est bien dans le dialogue que les humanités se retrouvent. Et ça, c'est plus fort que tout. On s'aperçoit à quel point nos étiquettes identitaires sont factices. Elles ne sont que des résumés faciles, utiles sans doute pour nous classer, mais au fond très incomplètes pour rendre compte de ce que nous sommes vraiment. Et quand on rentre en dialogue, on opère une fusion humaniste, on se livre, on s'échange... et on se dévoile.

Notre dialogue m'a sans doute transformé. Comme pour toi, il a renforcé mon esprit de nuance, et il a fait évoluer ma pensée à bien des égards. Mes dernières prises de parole publiques en témoignent : en les écoutant, tu y retrouveras ta part d'influence. Je pense en particulier à ma récente interview « sensible » à l'Office de la Culture du Lamentin : elle a été très influencée par nos échanges. Je pense aussi que le simple fait d'avoir réussi à dialoguer avec toi m'a mis en confiance, et d'une certaine manière a libéré ma voix. On est tous prisonniers de nos mondes, et on a tendance à nous réfugier dans nos zones de confort, pour mieux nourrir nos certitudes. Ce dialogue entre nous est audacieux, car il était improbable. Il est la preuve vécue que tout est possible, que l'on peut franchir sans grand risque nos petites frontières mentales...

SFG : Je vois ce que tu veux dire.

EdR : Ça me décomplexe un peu parce que je me dis qu'après tout, quand on se parle en vérité, on se comprend aussi en fait. Plus qu'on ne l'imagine.

SFG : D'un autre côté, j'ai abandonné l'idée de vouloir être compris de tous. Je pense que toi aussi, à un certain niveau. S'il y a des gens qui comprennent, tant mieux. Mais le temps est si précieux ! Il y a un écrivain français, Jean de La Bruyère, qui disait : « Il faut chercher seulement à penser et à parler juste, sans vouloir amener les autres à notre goût et à nos sentiments : c'est une trop grande entreprise. »

Je suppose que notre démarche ne sera pas forcément comprise par tout le monde, mais parfois certaines démarches ne sont comprises que des dizaines d'années ou des siècles après. Je sais que notre intention était d'avoir un face-à-face, une rencontre d'homme à homme entre deux personnes qui ne craignaient pas de franchir des lignes, de déborder de leurs camps respectifs, qui n'avaient pas peur de rencontrer l'altérité, de rencontrer l'autre.

Ce goût des autres me semble fondamental, et en même temps je vois aussi un chantier sur lequel nous avons peut-être déjà travaillé. C'est l'estime de nous-mêmes. J'ai déjà vécu le rejet de mes idées, de ma façon d'être, de m'habiller. Alors j'arrive à une certaine acceptation de ne pas avoir mes entrées partout, de ne pas être apprécié. Dès que le courant passe dans mon cercle, avec les gens qui me connaissent réellement, avec qui je peux m'expliquer, à qui je peux me confier, je ne peux pas me préoccuper du reste. C'est trop grand pour moi !

Je veux chercher à vivre bien et porter ma part de progrès. Demain je peux mourir ! Les gens vivent comme s'ils seront là tout le temps. Moi je sais que cette vie s'étiole. Dans deux mois je ne serai peut-être plus là, je pense toujours à ça ! Et sans être dans une fausse urgence, j'essaie de faire un maximum de choses, de vivre ce que j'ai à vivre : notre dialogue, ou d'autres expériences avec mes enfants. Pour ne pas avoir le sentiment de n'avoir pas eu le temps, de ne pas avoir été assez libre pour m'autoriser certaines choses. Je ne sais pas comment ça résonne chez toi mais c'est ce qui m'anime, moi.

EdR : Tu as une vraie colonne vertébrale que tu renforces en avançant dans la vie. Tu dépends de moins en moins du regard des autres, et tu t'affirmes de plus en plus dans ce que tu as décidé d'être. C'est ça, la définition du courage. Et c'est bien en nourrissant ta « lumière intérieure » que tu peux irradier vers l'extérieur. Tout part de soi ! La sérénité vient d'une force intérieure que l'on cultive, une force qui permet d'être solide dans ses positions. Qui permet aussi de prendre de la distance et d'envisager les autres points de vue. Celles et ceux qui dépendent trop des regards extérieurs préfèrent se réfugier dans des attitudes de peur, de rejet...

SFG : C'est sûr que nous vivons en société donc le regard des autres revêt son importance. Pour autant, nous ne pouvons pas nous laisser paralyser par lui. Nous avons toi et moi des cercles de références. Quand je t'entends décrire cette posture, je vois certains militants de ma connaissance. Des gens qui se mettent debout pour affirmer leurs idées. Des personnes avec lesquelles tu n'auras pas forcément d'atomes crochus, mais que je connais sous un autre angle !

Je pense à Jay Asani. Il faut avoir une colonne vertébrale pour se mettre debout comme ça ! J'admire son courage et sa lucidité, ce qu'elle essaie d'expliquer. J'admire aussi l'humilité qu'elle a de s'éduquer sur différentes questions. Je pense à Kémi Séba. J'aime son insoumission et son intelligence. On a sûrement des points de vue divergents sur certaines questions mais je vois en lui quelqu'un de solide de l'intérieur et qui a décidé de se mettre debout pour incarner un autre avenir pour les Africains et le reste de la diaspora noire.

Je pourrais développer ce raisonnement concernant plusieurs figures issues de communautés ethno-raciales différentes, avec des opinions politiques différentes. En Inde, au Tibet, en Chine, au Burundi... Récemment, j'ai visité une école, et je disais aux élèves : « Le fait de devenir de plus en plus conscients de certaines choses vous élèvera. Mais ne perdez jamais l'humanité ! » Parfois, quand nous prenons conscience de certaines choses, nous avons tendance à devenir intraitables sur ces sujets puisque nous en sommes tellement conscients. Donc c'est à manier, à voir, il faut trouver le juste dosage, incorporer les nuances lorsqu'elles existent.

EdR : Tu as raison. Il ne faut jamais avoir de certitude. Toute la subtilité est d'être fort sans jamais s'appuyer sur des certitudes. Le doute, c'est l'ouverture. La certitude, c'est l'enfermement. On croit être fort quand on affirme des certitudes, en réalité on est dans une illusion de force. Les extrémismes, qu'ils soient de droite ou de gauche, ne se nourrissent que de certitudes. Ils ne véhiculent que des pensées surgelées, et n'ont plus la force d'affronter les vrais débats, et de s'enrichir. C'est un peu ce que j'ai tenté d'exprimer dans *Recta Linea*, je ne sais pas si tu l'as lu.[29]

SFG : Je l'ai parcouru, je ne l'ai pas encore lu en profondeur. Je l'ai parcouru pour faire la chronique. Attends, je t'interromps pour te dire que ça me fait penser aux milieux religieux où j'ai constaté cette pensée. Les gens sont parfois si pétris de certaines convictions qu'ils perdent en bienveillance, et ils sont dans une posture parfois dangereuse, des postures fanatiques même ! Ce sont des choses que j'ai connues et j'ai eu à m'en prémunir. Donc quand tu évoques la question des certitudes qui entraînent l'exclusion, je me dis que c'est ce que j'ai vécu.

EdR : Tu as raison ! Je suis contre le fanatisme religieux, contre l'intégrisme.

SFG : Ils ne voient tout qu'à partir de leurs explications ! Et tout rentre dans cette logique. Peu importe ce que tu feras ou ce que tu diras.

EdR : À mon sens, la religion ne doit jamais être intégriste. Elle doit rester souple et ouverte, à l'image du monde dans lequel on vit, qui par nature est fluide. Notre monde n'a rien de rigide, il est traversé par des flux permanents, des changements constants. Si on traverse le monde avec rectitude, on est certain de se fracasser contre ses mouvements. Les bons principes de vie sont l'agilité et l'ouverture, plutôt que la rigidité et l'enfermement.

---

29. Voir ANNEXE 18 - Recta Linea.

SFG : Certaines personnes vivent ça comme étant un danger. C'est comme si tu remettais en question la chaise sur laquelle je suis assis. Ils disent : « Qu'essaies-tu de me dire ? Moi j'ai besoin de m'asseoir ! » (*Sourire*) Oui, alors tu me parlais de ton livre, *Recta Linea*.

EdR : Oui, *Recta Linea* est une vieille devise familiale qui a traversé plusieurs générations. J'ai grandi avec cette devise qui, à première vue, incarne des valeurs de rectitude : vivre droit dans ses bottes, aller toujours tout droit... voilà les enseignements qu'elle véhicule. En écrivant mon livre, j'ai voulu revisiter le sens de cette formule, et lui enlever l'esprit de rigidité qu'elle portait. En fait, la ligne droite – *Recta Linea* – est le chemin que nous créons en avançant. Un chemin de vie fait de détours, de virages, de contournements, d'adaptations permanentes... Un chemin qui nous oblige à être souples, mobiles, attentifs et lucides. Tout sauf rigides.

SFG : Je te comprends ! En plus j'en suis à un tournant de vie que l'on appelle entre guillemets « le milieu de vie ». Je me rends compte que nous changeons effectivement. On révise notre jugement concernant certaines choses ! On perd quelques illusions. Je crois que nous devons accueillir ces changements.

EdR : C'est dans la nature humaine !

SFG : Nous devons aussi les accueillir pour pouvoir rester en équilibre parce que quand tu mets ces changements en balance avec des relations, ça peut vite perturber les choses. Moi, je ne mets pas de point final à ce dialogue !

EdR : Ah non ! Il faut qu'on continue, absolument !

SFG : Le meilleur est à venir.

EdR : Je pense que nous allons nous voir souvent maintenant si nous poussons le projet tel que nous l'avons imaginé. Il nous placera dans des situations très nouvelles, il faut que nous en soyons conscients toi et moi !

SFG : À chaque fois que tu me dis ça, je pense plutôt à toi ! (*Rire*) Mais il ne fallait pas le faire si on ne voulait pas en arriver là.

EdR : Entre nous, le sel de la vie est là aussi ! Il nous reste quelques années à vivre sur cette terre, si c'est pour ne pas franchir des lignes, tenter des choses, qu'est-ce qu'elle serait barbante la vie ! À un moment donné, il faut y aller aussi pour ça !

SFG : Comme tu dis, c'est le sel de la vie, je dirais même que c'est le piment de la vie ! Bien sûr, explorer de nouveaux endroits, de nouvelles relations, de nouvelles façons de faire, de penser. Ça enrichit la vie, vraiment ! J'espère continuer à faire preuve d'autant de curiosité au fur et à mesure que le temps passe. Il se peut que nous soyons parfois mis face à des choses qui nous mettent mal à l'aise, que nous nous heurtions à des visions que nous n'avions pas envisagées au départ. Mais je trouve que nous avons adopté une posture authentique.

EdR : Mais tu as une qualité qui te sauvera toute ta vie : tu es un artiste. À mon avis, cette qualité te prémunit de beaucoup de choses. Je pense que la sensibilité artistique te met forcément, mécaniquement, dans une posture d'exploration permanente. C'est pour ça que j'aime bien discuter avec toi, même si tu n'es pas du tout de mon bord politique ! Mais ton statut d'artiste...

SFG : ... C'est une autre pensée tu veux dire, une autre vision des choses ?

EdR : Probablement.

SFG : C'est intéressant ce que tu dis, en tout cas je vois que ta vision de l'artiste renvoie à une idée de flexibilité. J'ai entendu récemment ce mot « exploration » lors d'une conversation avec un ami. Il a écouté certains de mes nouveaux morceaux et il me disait : « Cette exploration est intéressante. » Je lui ai répondu : « C'est vraiment le mot ! Je suis en train de chercher, de découvrir de nouvelles choses ! » Cette posture est valable pour la musique et pour bien d'autres domaines.

EdR : Dans mon métier, la publicité, nous travaillons sur un concept qui m'inspire d'ailleurs beaucoup : c'est le concept de la disruption, qui consiste à créer des ruptures, toujours ! C'est un concept très opérationnel qui permet au départ de trouver des idées publicitaires, et qui permet aussi de regarder le monde différemment. C'est un travail en trois temps :

- Première étape : identifier les conventions, c'est-à-dire les recettes communes, les idées reçues, les préjugés...
- Deuxième étape : casser les conventions. Tu poses une question simple : « Et si... ? » Une question qui ouvre de nouvelles hypothèses, de nouveaux horizons.
- Troisième étape : affirmer la vision. Elle consiste à emmener la marque sur un nouveau territoire.

Convention, disruption, vision : quand on applique ça à la vie, notamment en posant des questions du type

« Et si... ? », on ouvre de nouveaux espaces. C'est ce que nous sommes en train de faire, tous les deux ! Parce que les conventions étaient terriblement fortes entre nous. J'avais des préjugés définitifs te concernant, tu en avais aussi sur moi. Puis nous nous sommes rencontrés, et nous avons commencé à nous poser des questions : « Et si on parlait ? Et si on... ? »

À nous maintenant de construire la vision. Ce vers quoi nous voulons emmener tout ça ? Notre vision est-elle celle d'une Martinique apaisée ? D'une Martinique conciliée ? Là où il y a une vision, il y a un chemin !

SFG : Au moins vers une Martinique qui se parle mieux, qui soit mieux ! Ne cultivons pas trop d'idéalisme mais une Martinique qui se parle, je trouve que c'est un bon credo : parler aux gens, et leur dire vraiment ce que nous pensons. Ce n'est pas parce que nous parlons à tel endroit ou avec telle personne que nous n'allons pas dire ce que nous pensons ! Je trouve que le choc des idées est toujours bénéfique à partir du moment où il y a du respect pour la personne humaine qui est en face. Si tu ne parles qu'avec des gens qui pensent la même chose que toi, tu es dans une religion. Mais dans un pays, les gens différents se parlent. Et comme dirait l'un de mes rappeurs préférés, Jay-Z : quand j'entre dans une pièce, je n'entre jamais avec une version diminuée de moi-même. J'entre dans ces lieux en étant moi-même. Je ne change rien. Parler avec des gens ne veut pas dire se travestir.

EdR : Oui, une Martinique qui dialogue. Nos échanges m'ont aidé d'une manière que tu ne soupçonnes pas ! Je travaille avec des amis sur une initiative depuis plus d'un an. Cette initiative consiste justement à poser la question du vivre ensemble et du dialogue sociétal.

C'est en échangeant avec toi que le dialogue s'est imposé dans mon esprit comme un prérequis essentiel au vivre ensemble. Au départ, nous étions plutôt sur des conventions de pensée. Nous nous disions : « Il faut travailler sur des rapprochements. » Mais je pense aujourd'hui que la vraie solution, c'est le dialogue. Nous allons sans doute créer une association qui s'emparera de cette thématique. Son objet sera d'instaurer en Martinique les conditions d'un dialogue fécond entre tout le monde. Je t'en parle aujourd'hui de manière prématurée, mais je voudrais t'associer à cette initiative, si tu es d'accord ! Ce projet est naissant. Il y a encore beaucoup de zones de flou. Il est ambitieux parce qu'il exige de la méthode si nous voulons vraiment que ça soit efficace. Et en même temps il faudra embarquer toutes les bonnes volontés. Nous avions évoqué toi et moi, dans l'un de nos précédents entretiens, l'idée de forums de dialogues. C'est encore un peu flou dans ma tête, mais je me dis : « Pourquoi ne pas créer une boîte à outils du dialogue, une sorte d'institut peut-être, ou des "formats labellisés". Des espaces où le dialogue serait plus naturel entre les différentes composantes de la société martiniquaise. Pas forcément des composantes socio-ethniques. Ça peut être des composantes de classe, de sexe... » Je sens bien qu'il y a un travail à faire pour réinstaurer les conditions d'un dialogue où on peut tout se dire, tranquillement. Où aucun sujet ne serait évacué. C'est une réflexion sur laquelle j'avance en ce moment.

SFG : Le moment venu nous en reparlerons. Je te dirai, en fonction du stade où tu en es, la forme que ça pourra prendre. C'est vrai que c'est ambitieux.

EdR : Je n'en ai même pas encore parlé à mon groupe « Autour d'un punch ». Mais si tu es d'accord, je t'associerai à une séance de travail sur ce thème quand ça commencera à s'éclaircir un peu. Tu m'apporteras ton regard dessus.

SFG : D'accord. Le moment venu nous en reparlerons. Je ne prends pas forcément d'engagement formel mais je reste à l'écoute.

ANNEXES

ANNEXE 1

Critique de l'ouvrage *Ubuntu* par Steve « Fola » GADET

La question raciale o péyi : Que faire ? Rester calme ou tout brûler ?

Frotter ses idées à la question raciale sans les bons outils, c'est comme mettre ses mains sous un capot de voiture sans matériel approprié. Vous êtes limité malgré votre bonne volonté. Les difficultés s'enchaînent : des vis que vous ne pouvez pas déboulonner, des pièces impossibles à vérifier et à nettoyer faute de bonnes clés. Avec ce papier, j'aimerais déposer de nouveaux outils dans la boîte à penser de la question raciale car notre bonne volonté, nos expériences personnelles, nos sentiments et nos ressentiments ne suffisent pas pour déconstruire et construire ce qui doit l'être.

On s'identifie très facilement aux manifestations du racisme et aux luttes antiracistes aux États-Unis. En plus d'avoir des icônes immortelles en la matière, c'est un grand pays qui arrive à donner une immense caisse de résonance à ce qui se passe chez lui. Nos réseaux sociaux, nos films, nos marques et nos artistes préférés en viennent. La façon dont les Américains ont quasiment pris en otage l'imagination des populations de plusieurs coins du globe est assez particulière. Il ne se passe plus une année, voire un trimestre, sans qu'une vidéo ou une histoire étatsunienne des plus révoltantes occupe le débat public chez nous aux Antilles. Voir des personnes noires se faire violenter par des personnes blanches, les voir se révolter laisse peu de noirs antillais de marbre. On sait instinctivement que nous sortons du même arbre même si nos branches ont poussé dans des pays différents. On se ressemble. Pourtant notre indignation est parfois moindre quand des faits similaires se produisent au Brésil ou en Israël. On ne se demande pas assez souvent si les noirs aux États-Unis ont conscience du racisme que subissent leurs semblables dans d'autres parties du monde. Alors qu'on se mobilise pour George Floyd sur toute la planète, les Noirs Américains se mobilisent-ils contre les brutalités au Brésil, en France, en Italie ou au Moyen Orient ? Eux bénéficient de la puissance médiatique et culturelle des États-Unis pour faire connaître leurs luttes. Même si ces dernières sont légitimes, je m'imagine mal hurler tout le temps contre le racisme aux États-Unis alors qu'il frappe tant de personnes dans d'autres parties du monde.

Peut-on parler ouvertement de la question raciale sans tomber dans des extrêmes ? Peut-on y réfléchir courtoisement ? Peut-on appeler un chat un chat sans être comparé à je ne sais qui ? Déjà, ce n'est un secret pour personne que la couleur de peau joue un grand rôle dans nos relations et dans la vie socioéconomique aux Antilles. Dire cela n'est pas s'inscrire dans un registre de plaintes, d'excuses ou de racisme.

La question raciale au pays est une réalité. Nos pays se sont construits sur des rapports de « races » et de classes, tout comme aux États-Unis, mais la situation est différente chez nous. Les noirs ne sont pas une minorité en Guadeloupe et en Martinique. Notre majorité numérique nous procure une forme de détachement vis-à-vis de la question raciale dans l'espace public. Émotionnellement, nous ne sommes pas sous pression : inutile de faire attention pour sortir faire nos courses, chercher nos enfants à l'école, faire un footing, etc. Des connaissances noires-américaines me l'ont confirmé lors de leur passage en Martinique. Leur séjour ici a été puissant, libérateur, relaxant et autorisant la légèreté psychologique. Ils étaient libérés de leur préoccupation constante dans les grandes villes américaines : « Je suis noir donc mes mouvements, mon expression, mes vêtements veulent dire quelque chose. » Marcher dans un pays où ils voyaient constamment des semblables avait quelque chose d'apaisant, de réconfortant.

Je profite pour dire aux blancs que dans les espaces de travail aux Antilles, ils transportent leur histoire, qu'ils le veuillent ou pas. Est-ce être raciste de dire cela ? Non, je ne pense pas. Votre façon de vous adresser aux autres passe tout le temps au tatami de l'histoire, l'histoire des relations raciales. Votre façon de demander des comptes, de donner des missions, des ordres, de checker l'avancée des travaux, vos blagues, remarques, tout est teinté par votre couleur de peau que vous le vouliez ou pas. Ceux et celles qui l'ont compris peuvent évoluer différemment dans ces espaces. Lorsque vous interrompez les gens, parlez plus fort, rigolez, lorsque vous êtes désinvoltes en réunion, que vous regardez les autres blancs dans le coin de l'œil, vous nourrissez la solidarité blanche. Cette solidarité n'a pas bonne presse dans les couloirs de notre histoire tourmentée. Les Français blancs (ce n'est ni un gros mot ni de la discrimination) qui arrivent ici portent avec eux l'histoire de leur groupe, l'histoire des relations entre la France et la Martinique.

Ne pas le comprendre, c'est se préparer à perpétuer ce passé. Ne pas comprendre l'importance fondamentale de l'histoire dans la formation de nos rapports, de nos consciences, de notre identité, de nos réactions, de notre vision du monde, c'est se préparer à vivre des malentendus qui iront de la gêne au rejet brutal. Certains blancs de France viennent ici en empruntant un couloir institutionnel qui leur octroie des avantages considérables. D'autres, issus de la classe ouvrière chez eux, viennent à l'aventure. Ce sont des galériens comme on en trouve partout. Certains viennent faire du business. Tous ces profils ont une longue histoire chez nous qui commence depuis 1635. Ils doivent comprendre que bien qu'ils soient des individus à part entière, ils font aussi partie d'un groupe social. Notre société a généré un système de valeurs, une façon de désigner les gens et ils n'y échappent pas. Quand ils marchent dans le pays, quand ils y travaillent, vont chercher leurs enfants à l'école, font leurs courses, beaucoup de gens les voient d'abord comme membres de ce groupe social à la peau blanche.

Quand je parle de système, je désigne les grandes institutions qui composent notre société, qui régissent notre vie ensemble, nous informent, rendent la justice, etc.

On peut d'ailleurs faire un petit test. Demandez-vous quelle est la composition raciale des personnes qui contrôlent les institutions suivantes :

Tribunal de justice, magistrat.e.s, procureur.e, avocats

Lobby Eurodom
MEDEF
Port de Fort-de-France
Chambre de commerce
DEAL
Office national des forêts

Armée
Douane
Gendarmerie
Préfecture
Mairies
Collectivités territoriales
Prison
Protection judiciaire de la jeunesse
CGMA
Direction des affaires culturelles
SACEM
Médias
Rectorat
Les entreprises les plus puissantes du pays
Bannamart, SICABAM
SARA
Météo France
Agences publicitaires

Les résultats de cette "enquête" révèlent quelque chose que nous aurions tort de passer sous silence. Si les personnes blanches sont au sommet des organigrammes, qu'est-ce que cela signifie ? L'aliénation, le fait de devenir étranger à soi-même, commence dans le silence de toutes ces choses entre autres. Que dit la question du logement, de l'aménagement du territoire ? Que dire des quartiers souvent aisés où des personnes blanches vivent de façon intentionnelle entre elles, des quartiers à prédominance blanche ? Que dire des réseaux d'entraide qui existent pour s'installer et arriver au pays ? Que dire des privilèges acquis il y a des décennies et qui aujourd'hui sont rendus plus visibles à chaque nouvelle polémique comme celle de l'îlet Chancel au Robert ? Que se passe-t-il quand les lignes raciales « imaginaires » ou pas sont franchies ? Que dire de ces belles maisons dont l'arrière-cour donne sur des plages que les Martiniquais revendiquent comme domaine public ?

Emmanuel de Reynal a beaucoup de bonne volonté. C'est l'un des rares membres de la communauté békée à descendre dans l'arène publique et partager voire défendre ses idées, sa vision du pays et de notre peuple. Il faut le reconnaître. Une bonne volonté qui le cloue même parfois au pilori de sa propre communauté. J'aime son désir de franchir les lignes imaginaires du prêt-à-penser, son désir de sortir des barrières communautaires. Ceci dit, j'ai l'impression qu'il minimise parfois l'impact du racisme institutionnel. J'ai lu attentivement son entretien fleuve dans *ANTILLA* N°1929 datant du 23 juillet 2020. J'ai parfois été très surpris par certaines idées. D'autres fois, j'ai été contrarié ou encore bousculé dans le bon sens du terme.

Lorsqu'il dit : « békés, noirs, mulâtres, Indiens... voilà les "prétendues identités", voilà des étiquettes trop restrictives pour définir pleinement ce que nous sommes vraiment »[1], j'espère que lui et moi tomberont d'accord pour dire que ce sont des "étiquettes" mises en place par l'Occident, par les blancs pour classer, dominer et organiser la vie socio-économique. La race est l'enfant du racisme, pas sa mère comme disait Ta-Nehesi Coates. On a d'abord mis en place des systèmes de domination et ensuite, on a apposé des étiquettes. On ne peut pas vouloir remettre en cause les étiquettes si on ne réfléchit pas au système socioéconomique qui leur a donné naissance... L'invitation à laisser tomber les étiquettes promet-elle de réviser les privilèges qui vont avec ? Si oui, on dépasse la rhétorique qui fait du bien à la conscience. Si non, on reste dans de belles postures sans jamais envisager des changements concrets. Comme l'avance la sociologue américaine Robin d'Angelo dans son ouvrage percutant *La fragilité blanche* (2020), c'est un privilège blanc que de ne pas penser la couleur de peau, d'en faire un non-événement. Les personnes non-blanches n'ont pas ce luxe dans ce système où tout a été mis en place pour leur faire comprendre que la normalité, le beau, le fort, le capable était blanc.

Emmanuel de Reynal continue en affirmant que: « Notre grande difficulté est que nous ne pouvons pas parler en tant que victime ou en tant que bourreau. Encore une fois, les victimes et les bourreaux n'existent pas. » Pour moi, ce n'est pas une difficulté. Quand quelqu'un cause un tort, son décès n'enlève rien à l'impact de son acte. Si on le veut vraiment, on trouvera un moyen de dédommager les personnes impactées et de solder la reconnaissance de dette que l'histoire a elle-même rédigée. Je veux nuancer mes propos pour ceux et celles qui me verraient comme un fanatique de la réparation. Il n'est pas question de tout voir à la lumière de notre histoire douloureuse. Il est entendu que nombreux sont ceux qui n'ont pas eu besoin de s'en préoccuper pour s'accomplir brillamment et sans attendre que l'État ou qu'une entreprise dirigée par des békés mette du pain dans leur bouche.

Néanmoins, il est important d'affirmer que même si leurs ancêtres ne sont plus là, les békés ont hérité d'un système; un système qui a généré de vrais avantages, un vrai capital; un capital qui a généré la capacité d'investir lorsque beaucoup de personnes maintenues en servitude ne pouvaient rien épargner: ni leur corps, ni leur sueur donc encore moins de l'argent. Cette avance, ce privilège a été réel et quiconque le souhaite peut tracer le chemin de cet argent, de ce capital dans les positions dominantes, les grandes propriétés, la capacité d'envoyer leurs enfants faire des études là où ils le désirent, d'insérer des gens à des postes avantageux dans la vie économique de Martinique, Guadeloupe et du monde entier. Certes les groupes békés ne sont plus les seuls à faire la pluie et le beau temps sur toutes les activités économiques du pays. Des groupes français et étrangers prennent leur part du gâteau. Cela n'empêche que des pays qui ont traversé des drames similaires, où des gens ont été empêchés d'avancer, maltraités par des systèmes injustes, ont beaucoup à nous apprendre. Comment solder les crimes contre l'humanité, les injustices autrefois légales ?

Aux États-Unis, les entreprises qui ont engendré des bénéfices grâce à l'esclavage ont mis en place des démarches réparatrices sous forme de bourses estudiantines. Ils n'ont pas seulement fait acte de contrition avec des « paroles en l'air » ou encore signé des accords pour des formations permettant de renflouer leurs postes subalternes.

« Il n'y a aujourd'hui ni victime, ni bourreau. Il n'y a ni esclave, ni esclavagiste. Il n'y a que les descendants d'un passé douloureux qui ensemble ont recomposé, bon an, mal an, une communauté martiniquaise. » Comment composer une communauté martiniquaise quand l'essence identitaire d'un groupe est justement le non-mélange ? Encore une fois, il nous faut dépasser les beaux mots et les élans philosophiques. Pourquoi les cercueils de nègres ne doivent-ils pas croiser les cercueils de békés durant les enterrements ? « Il n'y a ni esclave, ni esclavagiste. » Est-ce que tout est réglé une fois qu'on a dit ça ? J'ai l'impression d'entendre de façon déguisée « ne parlons plus du rapport esclaves/esclavagistes, il n'est plus ». Comment faire pour ne plus penser cette relation alors même qu'elle a fondé et structuré notre pays pendant plus de 200 ans ? Qui a plus d'intérêt à la laisser dans l'angle mort de la réflexion lorsqu'il pense le pays, ses bobos et ses forces ?

Emmanuel de Reynal dit : « Nous devons renoncer aux "non-dits" et apprendre à parler respectueusement de tous nos sujets. » Ces mots laissent entrevoir un chemin de dialogue. Il parle ensuite du devoir de vérité que nous avons sur tout un tas de sujets notamment sur « nos forces héritées des combats que nous avons menés [...]. » De quels combats s'agit-il ? Quels combats békés et nègres ont menés ensemble afin d'en récolter les fruits ? Lesquels ? Je suis curieux de le savoir. Il dit ensuite que Nelson Mandela aurait échoué s'il avait commencé son combat par des accusations ; des accusations que la communauté békée a sûrement marre d'entendre, une aigreur qui met mal à l'aise et qui ne s'évapore pas malgré les décennies passées. Elle s'en rend compte à chaque éruption sociale, peu importe les générations, celles des années 1930, 1960, 1980 et 2000.

Lorsqu'on évoque l'entre-soi des békés, il répond que ces comportements « sont de ceux de personnes qui, pour la plupart, n'ont objectivement rien à se reprocher ». Je lis bien ? Elles basent leurs interactions et leurs valeurs sur le critère racial mais elles n'ont rien à se reprocher. Elles peuvent continuer à conforter un système économique, juridique et social raciste... tout va bien. « Elles mènent leur vie sans intention de nuire », déclare-t-il. L'intention n'a rien à avoir avec l'impact des actions, ce qu'elles signifient, ce qu'elles génèrent sur le plan socioéconomique, politique et culturel. Est-ce que ces postures favorisent l'interruption des comportements racistes dans le pays Martinique et le pays Guadeloupe ? L'isolement racial est source de confort. Cela leur permet de préserver leur monde bien blanc. Pas de stress racial, pas besoin de rester en présence de cet autre qui peut les faire se sentir mal à l'aise, cet autre qui représente ce qu'ils n'aiment pas et qui, en même temps les définit. Pas de blancs sans noirs et vice versa... Ces choix sont des mécanismes racistes qu'il faut détricoter, mettre en lumière, parce qu'ils perpétuent un système de privilèges. Je suis ici encore une fois d'accord avec Robin D'Angelo lorsqu'elle affirme que le racisme n'est pas une question d'individus méchants. C'est un système qui génère des inégalités.

Selon Emmanuel, « Si vous entrez dans le cœur de chacune de ces personnes, vous y trouverez sans doute bien plus de lumière que ces préjugés qui vous empêchent de voir. » Le problème ne viendrait donc pas du racisme à peine déguisé de la communauté békée mais plutôt des gens qui posent sur eux un regard tordu par des préjugés. Je dois reconnaître que nous avons tous des préjugés sur tout un tas de personnes et de sujets. Ils modifient notre façon d'interagir avec les autres, nos visions des autres, particulièrement des personnes que nous ne côtoyons pas directement. Il conclut en disant que « ce sont les préjugés qu'il faut combattre et non les comportements prétendument négatifs ». Oui, volontiers mais comment faire si on garde la méconnaissance et l'impensé, l'inconscience du racisme, de son impact en l'état. Qui démontera la machine à fabriquer les préjugés ? *Nou ka chayé dlo an pannyé*. Les préjugés sont le fruit de la méconnaissance et si on ne se côtoie pas, ils ont encore de beaux jours devant eux.

Et si j'avais faussement l'impression d'être objectif dans mon approche de cette question raciale ? Et si Emmanuel avait lui-même cette fausse impression d'être objectif en parlant du sujet ? À la fin du livre *Ubuntu*, il déclare de manière explosive « Ne m'appelez plus béké ». Je réaffirme alors que pour que cette appellation disparaisse, il faudrait qu'il en soit de même des privilèges associés. Tant que ces privilèges seront là, le mot « béké » persistera pour décrire ce groupe social.

Pour minimiser la gravité de leur posture, Emmanuel déclare : « On peut regretter que d'autres n'adoptent pas les comportements que l'on souhaiterait qu'ils adoptent. Mais ce regret n'est-il pas le reflet d'une pensée autoritaire ? » En clair, au lieu de remettre en question le cadre racial blanc, il essaie de nous persuader que le déséquilibre est du côté de ceux qui osent avoir une opinion sur le comportement des békés. C'est aberrant. Le procédé est tordu. Non seulement, le racisme est structurant mais à ceux qui osent dire qu'il y a un souci, on répond : « Qui sommes-nous pour exiger que d'autres agissent de telle ou telle façon ? » Voilà le produit de l'individualisme occidental... Ils font ce qu'ils veulent tant que cela ne fait pas couler de sang. Où est le souci ? Voilà le produit de l'objectivité à l'occidental. Ils n'ont aucun effort à faire, aucune réflexion à mener. La solution serait selon lui « d'accueillir les différences, sans jugement ». Les bras m'en tombent. Fermez la boutique, circulez, il n'y a rien à voir.

Alors finalement, quelles solutions envisager pour faire reculer le racisme en Martinique ? Selon Emmanuel, ce serait avec « des actions individuelles ou en soutenant des projets collectifs. Nous pouvons le faire en créant des espaces de dialogues nouveaux, notamment autour de notre histoire commune ». Tout à son honneur, il milite pour plus d'engagement associatif, pour que chaque Martiniquais donne de son temps pour l'intérêt général. Cette idée résonne chez moi mais le fond du problème demeure. On met des pansements là où il faudrait passer en salle d'opération. Il dénonce la « bouc-émissairisation » qui cantonne les gens stigmatisés dans leur prétendue identité. Elle les emprisonne, au point de leur faire perdre leur envie de s'exprimer. Ces personnes seraient encore une fois au bout de ce qu'elles peuvent faire et ce serait à la société dans laquelle ils évoluent de créer des conditions pour qu'ils prennent part au débat public. Il ne manque que les massages et le vin blanc.

Tant que les gens n'ont pas d'intérêt à changer, ils ne le feront pas. Emmanuel ne devrait pas tout mettre sur le dos de l'aigreur que les gens ont pour les békés en Martinique. Au temps où ce ressentiment n'était pas si ouvertement exprimé ils s'appliquaient quand même à préserver leur monde tout blanc donc l'explication est ailleurs. Les békés n'ont pas à lutter contre le système institutionnel, juridique, économique et politique en Guadeloupe, en Martinique, au Brésil, en Afrique. Ce système n'est pas limitant pour eux. Il l'est pourtant pour bien d'autres. Je pense aux militant.e.s antichlordécone, aux travailleuses et travailleurs de la banane, à la famille de ceux qui sont tombés sous la violence du système. Cela dit, l'histoire nous montre que les groupes privilégiés renoncent rarement à leurs privilèges volontairement.

Dans les explications probablement bien intentionnées d'Emmanuel, j'entends surtout un message récurrent : les békés blancs n'ont aucun travail à faire, ils n'ont aucune responsabilité dans tout ça, ils ne participent pas vraiment au problème. Il faut le résoudre sans trop leur en demander d'autant plus qu'ils ont fait des progrès et qu'ils participent déjà au vivre-ensemble du pays par leur soutien à des clubs sportifs, leur participation à des associations, etc. C'est ce message que j'ai lu en filigrane. Loin de moi l'intention de dire que les békés sont malveillants mais j'aimerais qu'ils puissent surtout réfléchir sur leurs choix de vie et ce qu'ils ont de problématique. Au lieu de rester sur leurs acquis, de protéger le comportement qui leur sied, il faut accepter ce malaise et en tirer des enseignements. Ces choix dont Emmanuel dit qu'ils ne « blessent » personne sont radicalement problématiques. Oui, cette mentalité blesse les non-blancs.

C'est aussi douloureux que l'attitude des blancs qui se sont lâchés récemment sur les réseaux sociaux. Ils ont vomi leurs « on aurait dû vous laisser en Afrique » ou encore « les nègres ne savent pas se tenir, il faut leur mettre des gendarmes au cul ». Ces injures racistes proférées au Diamant nous ont enseigné de bonnes leçons : le racisme anti-nègre au pays du nègre est bien vivant mais les nègres et les négresses ne sont pas disposés à recevoir le crachat la bouche ouverte en laissant tranquilles celles et ceux qui les écrivent sur leur smartphone dans leur résidence sécurisée. La haie d'injures qu'on a vue lorsque les gendarmes sont venus extraire de chez lui l'un des mis en cause en témoigne. Espérons que d'autres blancs racistes au pays en prendront de la graine.

Si la question raciale était seulement esthétique, on n'en serait pas là. Je ne t'aime pas. Tu ne m'aimes pas et ça s'arrête là. Le problème, c'est qu'elle est liée à la question économique, juridique et politique. La tension qui s'exprime au pays doit continuer et va continuer. Le beau et le bon se construisent grâce à elle. Cette tension créative dont Martin Luther King parlait, cette tension qui peut surgir de la conscience de la nation, celle qui nous aide à creuser un tunnel d'espoir dans une montagne de désespoir...

ANNEXE 2

LA GUERRE DU DIAMANT

La Guerre du Diamant est le nom donné aux événements sanglants survenus lors du second tour des élections municipales du 24 mai 1925 dans la commune du Diamant, située au sud-ouest de la Martinique. Dix personnes trouvent la mort et d'autres sont blessées au cours de cet épisode.

Deux candidats briguent le fauteuil de maire à l'occasion des élections municipales du 3 mai 1925. D'un côté, un socialiste du Diamant, Hilarion Giscon. Il représente l'union des partis populaires de gauche, soutenus par les habitants de la commune. Face à lui, le colonel De Coppens, un béké propriétaire de la distillerie Dizac.

Le 2 mai, veille du scrutin, Joseph Lagrosillière, fondateur du mouvement socialiste en Martinique (député de la Martinique de 1910 à 1924 puis de 1932 à 1942 ; maire de la commune de Sainte-Marie), se rend en personne au Diamant, où il a convoqué la cellule du Parti socialiste. Objectif: galvaniser les partisans du candidat unioniste Hilarion Giscon, et les appeler au calme afin d'éviter les troubles à l'intérieur des bureaux de vote et à proximité.

Le dimanche 3 mai, avant l'ouverture du scrutin, les socialistes apprennent que le bureau est déjà constitué. Ils décident de ne pas aller voter. Mais certains craignent un bourrage des urnes et décident d'investir la mairie.

« Il était environ dix heures du matin lorsque nous avons forcé les portes de la mairie, relate Philibert Larcher. Elle se trouvait à l'emplacement de l'actuel bureau de Poste. À l'intérieur, une dizaine d'hommes armés nous attendaient. Il y avait là des policiers, des douaniers et des gardes champêtres communaux. »

À peine entré dans la salle de vote, Philibert Larcher reçoit « un violent coup à la tempe gauche ». Deux autres camarades sont blessés, mais il est « le seul à être conduit inconscient à l'Hôpital du Saint-Esprit ».

À cause de ces incidents, et parce que le nombre de votants est insuffisant, le second tour de l'élection est reporté au dimanche 24 mai 1925.

Au matin du 24 mai, l'hôtel de ville du Diamant revêt une allure de camp retranché. Une muraille de fil barbelé s'élève à deux mètres du sol, tout autour de l'édifice. De plus, une mitrailleuse est installée devant l'entrée, bien en évidence. Un Guadeloupéen, Mellac, chargé d'actionner la mitrailleuse, annonce à qui veut l'entendre qu'il a reçu « l'ordre de tirer dans le tas ». Ses cibles : tous ceux qui se rassembleront ou s'opposeront à la loi.

La tension est palpable. Elle monte encore d'un cran quand une déclaration du colonel De Coppens provoque le courroux des socialistes diamantinois. Il se réjouit que l'on ait déjà réglé leur compte à Zizine et Des Étages. Un autre événement envenime la situation : un peloton de gendarmerie vient récupérer l'urne une heure avant la fermeture du bureau de vote, pour l'emmener à Fort-de-France.

Un homme s'approche... Il est abattu. Un carnage débute alors. « La mitrailleuse tirait sur la foule en décrivant un arc de cercle », se souvient Philibert Larcher. Le colonel De Coppens est frappé en plein cœur. « Sorti de l'église où il s'était caché, il remontait la Grand'rue (actuelle rue Justin ROC) pour [...] ordonner le cessez-le-feu. »

Le journal « La Résistance, organe socialiste... » dresse la liste des victimes sur laquelle figurent, aux côtés du colonel De Coppens, son chauffeur Mathieu Hubert, Michel Pierron, Henri Joilan, Paul Borrhomée, Hévrad Libanus, Casimir Gallot (dit Neveu), Évariste Saint-Aimé, Hurard Ladislas, et Charles Sonocadie (mort à l'hôpital).

Éloi Saint-Aimé est accusé d'avoir assassiné le colonel De Coppens ainsi que son chauffeur, à l'aide d'une carabine de chasse avec laquelle il aurait tiré depuis la maison d'Emmanuel Roc, secrétaire local de la section SFIO (Section Française de l'Internationale Ouvrière). Cette maison se situait à l'époque à l'emplacement de l'actuelle pharmacie Charpentier.

Aucune charge n'est retenue contre les deux hommes, qui sont tout de même condamnés, avec d'autres militants socialistes, à six mois de prison pour « rébellion et incitation à l'émeute ».

Dans cette atmosphère de deuil général, Éleuthère Sainte-Rose est proclamé vainqueur des élections, malgré de vives contestations.

ANNEXE 3

L'AFFAIRE KÉZIAH

Kéziah Nuissier est un militant anti-chlordécone blessé par les forces de l'ordre le 16 juillet 2020, au cours d'une manifestation publique devant le commissariat de police de Fort-de-France. Ce 16 juillet 2020, le jeune étudiant de 22 ans – en licence d'anglais – est venu soutenir trois militants anti-chlordécone arrêtés plus tôt par la police. Il joue du tambour bèlè (instrument de musique traditionnelle martiniquaise), accompagnant sa mère – elle aussi militante – qui chante.

Selon l'avocat de Kéziah, Me Dominique Monotuka, une patrouille mobile de gendarmes aurait voulu récupérer le tambour. La mère de Kéziah aurait été frappée, et le jeune homme se serait interposé. Toujours selon son avocat, il aurait reçu plusieurs coups de matraque et essuyé des insultes racistes, avant d'être conduit au poste de police.

Le motif de son arrestation : violences commises à l'encontre des forces de police.

Deux versions s'opposent alors : celle de Kéziah et celle des forces de l'ordre. Des vidéos circulent sur les réseaux sociaux. On y voit Kéziah blessé à la tête, menotté et embarqué à l'arrière d'un fourgon.

Son arrestation provoque des émeutes à Fort-de-France dans la nuit du 17 au 18 juillet 2020. Quant à l'avocat de Kéziah, Me Dominique Monotuka, il porte plainte pour « tentative de meurtre, actes de torture et de barbarie, et insultes publiques à caractère raciste ». Le procureur de la République saisit pour sa part l'Inspection générale de la gendarmerie nationale (IGGN)

Deux gendarmes sont poursuivis pour les actes commis lors de son interpellation, qualifiée de « légitime » selon l'enquête menée par le parquet de Fort-de-France.

Kéziah et ses avocats contestent cette conclusion. Ils saisissent l'Inspection générale de la justice (IGJ). Ils dénoncent une « enquête partiale » menée par l'Inspection générale de la police nationale (IGPN) et par l'Inspection générale de la gendarmerie nationale (IGGN), sous la direction du parquet. L'autre avocat du prévenu, Me Eddy Arneton, met aussi en cause les « médecins du CHU » de Fort-de-France.

Le dossier « Kéziah », appelé le 9 novembre 2020 au tribunal judiciaire de Fort-de-France, est d'abord renvoyé au 17 mars 2021. Le procès est finalement dépaysé à Paris. La date de sa tenue sera fixée ultérieurement. Le procureur de la République obtient le dépaysement de l'affaire, car il estime « ne plus avoir la distance nécessaire pour pouvoir continuer à suivre, ici en Martinique ».

ANNEXE 4

PROCÈS DES MANIFESTANTS DE LA DISTILLERIE JM

Quatre manifestants comparaissent en mars 2021 devant le tribunal correctionnel de Fort-de-France, pour leur implication dans les dégradations de la distillerie JM au Macouba le 12 février 2021.

Ils accusent la marque JM de faire l'apologie de l'esclavage. Le logo de cette rhumerie représente selon les manifestants le « pavillon esclavagiste » aux quatre serpents. Ils déplorent en outre que des « scènes esclavagistes » figurent sur l'étiquette des bouteilles de rhum.

Le 12 février 2021, des manifestants s'introduisent dans la boutique JM et menacent le personnel, provoquant l'arrêt d'urgence de la distillerie. L'entreprise se voit contrainte d'évacuer les clients présents. Les activistes obligent le personnel à rouvrir la boutique et la saccagent. Ils cassent des bouteilles de rhum, renversent des cartons et détruisent le mobilier.

Au cours du procès, plusieurs témoins sont appelés par la défense. Parmi eux, Steve « Fola » Gadet ainsi qu'un historien martiniquais, mais aussi Aude Goussard et Madly Étilé, la mère de Kéziah Nuissier. Ces deux dernières ont fait partie de la quinzaine de manifestants présents à la distillerie JM au moment des faits.

Dans la nuit du jeudi 25 mars 2021, le tribunal correctionnel de Fort-de-France rend son jugement. Les quatre manifestants sont condamnés à des peines de sursis.

ANNEXE 5

AIMÉ CÉSAIRE, BERNARD HAYOT ET LE COURBARIL

Le 17 décembre 2001, Aimé Césaire plante un courbaril à l'Habitation Clément à l'invitation de Bernard Hayot. Aimé Césaire prononce alors un discours devenu célèbre.

« La plantation d'un courbaril !

Un des plus beaux arbres martiniquais, menacé et sans doute en voie de disparition.

Merci à vous, d'essayer de le sauver et d'en rappeler toute l'importance. Importance réelle, économique sans doute. Importance sociale, mais à mes yeux plus encore importance symbolique.

Le courbaril, c'est-à-dire l'enracinement dans le roc s'il le faut, mais vainqueur grâce à l'entêtement et au vouloir vivre. [...]

Le courbaril : l'appui sur la profondeur du sol pour l'élan médité et patient.

Le courbaril, la démarche lente, mais résolue vers l'avenir.

Ce sont toutes ces valeurs que nous rappelle la cérémonie que vous avez organisée ce matin.

Ce qui est valable pour l'arbre est valable pour l'homme.

Merci de le rappeler à notre communauté, elle aussi en péril.

Mais pourquoi être pessimiste ?

Le courbaril est là pour nous l'interdire.

Avec ses feuilles. Non. Avec sa feuille, une feuille double et pourtant une.

Regardez-la.

Ici la bi-foliation se fait intime et partenariale.

Une particularité botanique sans aucun doute, mais dans laquelle je me permettrai de voir un symbole.

Le symbole de la solidarité indispensable à notre peuple, en cette époque de survie. »

ANNEXE 6

HISTOIRE DE LA RHUMERIE CLÉMENT

outremermemory.com

Marie Hidulphe Charles Homère Clément est né à Trinité le 12 juillet 1852. Il est le fondateur de la rhumerie Clément.

Marie Hidulphe Charles Homère Clément est le fils de Charles Auguste Clément qui était maître tailleur originaire de Trinidad, et de Marceline Edmond. Il est issu d'une famille de huit enfants.

Dans un premier temps, il fait des études classiques à Saint-Pierre, puis il poursuit son cursus à la Faculté de médecine de Paris. Externe des Hôpitaux, il devient médecin en 1878. Il exerce quelque temps puis à son retour en Martinique, il entreprend une carrière politique.

Il est élu maire du François en 1886, président du conseil général et député de la Martinique de 1902 à 1906. Le 28 août 1898, il est fait chevalier de la Légion d'Honneur et devient l'un des premiers hommes de couleur à recevoir cette distinction.

En 1887, le docteur Clément a acheté aux enchères le domaine Acajou, une habitation en faillite. Il s'installe dans la maison principale et devient planteur de canne à sucre. Il livre principalement l'usine du François.

Il mène de front ses carrières politiques, de médecin et de propriétaire terrien. Mais fatigué des coups bas en 1906, il se retire de la politique pour se consacrer exclusivement au rhum Clément.

En 1917, afin de répondre à une forte demande de rhum pendant la Première Guerre mondiale, il construit une distillerie sur les ruines de l'ancienne sucrerie. L'habitation Acajou retrouve ainsi une activité de transformation de la canne à sucre abandonnée depuis près de cinquante ans.

C'est à Paris, où il est allé se faire soigner, qu'il trouve la mort le 12 novembre 1923. Il est enterré au cimetière du François le 18 décembre 1923. Son fils Charles, ingénieur, aidé par ses propres enfants Georges-Louis et Jean-José, reprendra la succession de la distillerie familiale. Jusqu'à sa mort en 1973, il se consacrera au développement de la distillerie, faisant de Clément une grande marque de rhum, reconnue mondialement.

ANNEXE 7

Le président Robert Mugabe dépossède les fermiers blancs

En 2000, le président du Zimbabwe Robert Mugabe entame la confiscation des terres détenues par les fermiers blancs. Objectif: rétablir une injustice commise sous l'époque coloniale.

La question foncière au Zimbabwe remonte aux derniers jours de la guerre dite de libération, avec la signature de l'accord de Lancaster House, par lequel la Grande-Bretagne, ancienne puissance coloniale, reconnaissait enfin l'indépendance du territoire autrefois connu sous le nom de Rhodésie. Dans le cadre de cet accord, les terres qui avaient été saisies par une minorité blanche durant la colonisation seraient rendues aux populations noires au fil du temps.

Au début, les pays occidentaux, notamment le Royaume-Uni, s'étaient engagés à payer pour la restitution des terres. Mais lorsque l'accord a expiré dans les années 1990, et avec lui les paiements des pays occidentaux, la pression s'est accrue sur le gouvernement dirigé par l'ancien président Robert Mugabe car la grande majorité des noirs restaient sans terre.

En 2000 débute la confiscation des terres détenues par les agriculteurs blancs. Au moins 3500 terrains sont repris de force. Pour l'administration de Mugabe, il s'agissait de rectifier une injustice, vu que ces terres avaient été prises de force durant l'époque coloniale.

La production agricole (tabac et denrées alimentaires) chute et l'économie du Zimbabwe s'effondre, surtout que le pays est frappé de sanctions par les États-Unis et le Royaume-Uni.

En 2018, l'actuel président, Emmerson Mnangagwa, s'engage à compenser les fermiers blancs pour les terres saisies pendant l'administration de son prédécesseur. Au départ il annonce une enveloppe de 53 millions de dollars, ce que les fermiers rejettent, arguant que c'est trop peu.

Fin juillet 2020, l'enveloppe chiffrée à 3,5 milliards de dollars a été célébrée par la Zimbabwe Commercial Farmers Union, association qui regroupe les blancs dépossédés, selon Bloomberg.

ANNEXE 8

« **Martinique** : **36 heures pour demain** ! »

« Martinique : 36 heures pour demain ! » C'est l'intitulé d'un projet imaginé par le professeur émérite de psychiatrie Aimé Charles-Nicolas. Un projet pour agir et sortir de la passivité générale. Son aboutissement est prévu les samedi 25 et dimanche 26 septembre 2021 à l'occasion d'un « Madiathon ».

Avec ses partenaires dont des spécialistes internationaux de la dynamique de groupe de créativité, le professeur Charles-Nicolas invite toute la population martiniquaise, sur l'île et à l'extérieur (dans la diaspora) à s'unir pour façonner la Martinique de 2036.

Des groupes d'une douzaine de personnes représentatives de toutes les composantes de la société martiniquaise – socioprofessionnels, générationnels, culturels –, seront au préalable formés aux techniques de création du futur.

Le briefing durera plusieurs semaines et les ateliers « Martinique : 36 heures pour demain ! » se dérouleront les samedi 25 et dimanche 26 septembre 2021 (sur une journée et demie, 36 heures).

Les projets seront utopiques pour certains, mais d'autres réalisables et des financements sont d'ores et déjà mobilisés pour les concrétiser.

Selon Aimé Charles-Nicolas, les événements du 22 mai 2020 démontrent qu'il est grand temps d'initier cette réflexion commune sur l'avenir de la Martinique, afin « d'échapper au chemin de la violence actuellement choisi par quelques individus ».

ANNEXE 9

Lettre ouverte aux maîtres de la caste békée - Par Robert Saé 27 avril 2021

Non ! Notre missive n'a pas pour but de « savoir ce que vous avez dans le ventre ». Cela, nous ne l'ignorons absolument pas. Nous entendons, ici, mettre cartes sur table.

Aucun analyste sérieux ne pourrait contester le fait que votre communauté, descendante des colons esclavagistes, s'est constituée en une caste qui contrôle les rênes de l'économie, qui vit territorialement regroupée et qui maintient un rigide apartheid social. Actuellement, la société martiniquaise connaît un profond changement idéologique et culturel que, comme tout le monde, vous avez dû observer : le regard posé sur votre dite communauté est de moins en moins tronqué par l'aliénation et l'ignorance.

C'est très largement qu'on dénonce la domination économique des « békés », les privilèges dont ils jouissent auprès de l'État, de la justice ou de certains médias. Des actions menées contre leurs intérêts, inimaginables il y a à peine une dizaine d'années, se multiplient. Manifestement, cette nouvelle réalité ne vous a pas conduit à une quelconque remise en question. Vous croyez pouvoir freiner la roue de l'histoire en vous contentant de mener des campagnes de propagande idéologique et de répression. Une fois encore, vous sous-estimez ceux que vous croyez dominer.

Pensez-vous sérieusement convaincre quiconque avec des jérémiades telles que : « Les coupables, c'est pas nous, ce sont nos ancêtres » ; « Il faut tourner la page du passé et construire le présent ensemble ».

En vous accrochant à votre héritage esclavagiste et colonial, aujourd'hui encore, vous expulsez sans ménagement les occupants légitimes des anciennes terres d'habitation et vous exercez de honteux chantages sur vos salariés ! En cela, vous perpétuez le crime et vous en êtes comptables. Et puisque certains d'entre vous brandissent l'étendard de la réconciliation, sachez qu'il n'y en aura jamais sans reconnaissance des crimes, sans suppression des injustices et sans réparation.

Depuis que vos abus sont massivement étalés sur la place publique, vous jouez la carte de la victimisation.

Sans rire, vous prétendez être victimes de « racisme ». Faut-il vous rappeler la définition du mot ? Voilà celle donnée par le Centre national de ressources textuelles et lexicales (CNRTL) : « Ensemble de théories et de croyances qui établissent une hiérarchie entre les races, entre les ethnies... Doctrine politique fondée sur le droit pour une race (dite pure et supérieure) d'en dominer d'autres, et sur le devoir de soumettre les intérêts des individus à ceux de la race. » Mais peut-être faut-il aussi vous rappeler la définition du mot « caste » ? C'est, dit le Larousse, un « groupe social endogame, ayant le plus souvent une profession héréditaire et qui occupe un rang déterminé dans la hiérarchie d'une société », précisant que péjorativement, c'est un « groupe qui se distingue par ses privilèges et son esprit d'exclusive à l'égard de toute personne qui n'appartient pas au groupe ».

Par la magie de votre propagande, dénoncer oppression, inégalités et privilèges d'une caste deviendrait donc du racisme. Il est vrai que votre démarche s'inspire directement de celle de l'extrême-droite française qui a inventé le concept de « racisme anti-blanc » pour dénier aux communautés opprimées le droit de se défendre contre les discriminations dont elles sont victimes en Europe. La pilule est trop grosse pour être avalée !

En vérité vous le savez mieux que tous, ce n'est pas la couleur de votre épiderme que nous combattons.

Ce dont nous pouvons nous enorgueillir, nous, c'est que malgré toutes les cruautés subies depuis la traite de ceux de nos ancêtres que les vôtres ont esclavagisés, malgré les discriminations et les exactions dont notre peuple a été victime sur vos habitations et sous le régime colonial, vous n'êtes jamais parvenu à lui enlever son humanité. Vous ne parviendrez jamais à nous priver de cette intelligence qui nous permet de distinguer un Emmanuel Rimbaud co-fondateur du Comité martiniquais de libération nationale de la quasi-totalité de votre caste qui a servilement appuyé l'amiral Robert et le Régime de Vichy !

Vous ne ferez jamais disparaître l'admiration et l'amour que j'ai pu ressentir envers mon grand-père béké, que votre caste avait exclu et jeté dans la pauvreté, parce qu'il avait épousé ma grand-mère noire. Vous ne pourrez m'empêcher d'avoir du respect pour les deux « békés » qui, il y a une vingtaine d'années, m'ont approché et m'ont parlé des difficultés qu'il y avait à secouer le joug des anciens de leur communauté. Vous ne pourrez effacer l'affection que j'ai pour mes deux petites élèves, tellement gentilles et humaines que des parents « békés », contrairement à l'usage, avaient confiées au collège public où j'enseignais.

C'est vous les racistes, Messieurs les maîtres de la caste !

Ce que nous combattons, c'est le suprématisme que vous prônez et dont vous endoctrinez les membres de votre communauté. Celui qu'Alain Huygues-Despointes a crument dévoilé dans l'émission « Les derniers maîtres de la Martinique ».

Ce que nous combattons, ce sont les pratiques monopolistiques que vous déployez sur le terrain économique et vos coups-bas visant à interdire le développement de toute entreprise qui n'appartienne pas à la caste.

Ce que nous combattons, c'est le mépris dont vous faites preuve à l'égard du peuple martiniquais que vous avez empoisonné en toute connaissance de cause ; c'est la cruauté dont vous avez fait preuve en contraignant les ouvriers et ouvrières à semer des poisons à mains nues.

Ce que nous combattons, c'est ce cynisme avec lequel vous osez demander indemnisation pour la pollution des terres que vous avez vous-mêmes organisée ; c'est aussi l'ignominie dont vous faites preuve en prétendant que votre banane serait « la plus vertueuse du monde » et en affirmant, sur la base d'un sondage truqué, que vous avez le soutien de la majorité de la population. De jeunes enquêtrices nous ont avoué que consigne leur avait été donnée de ne pas interroger des gens travaillant dans la banane ou ayant des proches ouvriers agricoles !

Ce que nous combattons, c'est le chantage scélérat manifesté à l'égard des travailleurs sainte-luciens de Beauséjour, les menaces d'expulsion qui leur sont proférées, leur interdisant tout droit à la protection.

Vous savez pertinemment que le taux de concentration de mélanine dans votre peau ou dans la nôtre n'a rien à voir avec notre combat. Nos ennemis sont tous ceux et toutes celles qui font obstacle au développement humain, qui, quelle que soit la couleur de leur épiderme, sacrifient la dignité et le bien-être des peuples, l'environnement, le futur de la planète et de l'humanité, sur l'autel d'un vampirisme économique prédateur et d'un égoïsme forcené !

Pour refuser aux autres le droit de vous attaquer, vous aimez affirmer bien haut que vous aussi êtes Martiniquais. Vous avez raison sur ce point : vous l'êtes ! Vous l'êtes autant que sont Brésiliens les latifundiaires qui, au Brésil, font assassiner des syndicalistes et les prêtres qui se battent à leurs côtés. Mais, autant qu'eux, également, vous pouvez et devez être dénoncés et combattus.

Pour l'heure, vous vous pensez encore tout-puissants et intouchables !

Vous vous croyez protégés par votre collusion avec l'État colonial ? C'est vrai que celui-ci a toujours été votre bouclier, prêt à envoyer son armée abattre vos ouvriers grévistes, à traîner en justice toute personne portant atteinte à vos intérêts, comme récemment l'ont été les militants anti-chlordécone, et à fermer les yeux sur vos délits. La communauté d'intérêt qui vous lie dans les domaines de l'import-export ou dans le maintien de monocultures coloniales fonde jusqu'ici cette collusion. Mais, sachez que l'État français, qui n'a pour vraie famille que les multinationales, n'hésitera pas à vous lâcher quand votre situation deviendra ingérable ! Certes, un ou deux milliardaires sauront tirer leur épingle du jeu, mais combien d'entre vous se retrouveront, le moment venu, seuls face au tribunal de l'histoire ?

Et ce moment-là approche !

Car, les temps où régnait l'aliénation qui faisait dire à certains dominés : « *sé bétjé ka ba nou manjé ! Sé bétjé ka ba nou travay* ! », « *sé yo ka ba nou la vi !* », ces temps-là sont en train de mourir. L'époque où l'on répétait que « *Zyé blan ka brilé zyé nèg* » est définitivement révolue. L'accès généralisé à la vérité historique et le niveau extraordinaire de connaissance d'une bonne partie de la jeunesse ont permis que soient tournées ces sombres pages.

Vous ne pouvez ignorer que des idées nouvelles ont déferlé sur la planète, renversant les frontières, transcendant les clivages raciaux et galvanisant les peuples sur tous les continents.

La mobilisation planétaire dénonçant l'odieux assassinat de George Floyd annonce l'agonie des idées suprémacistes surannées et des divisions qu'elles sèment ; la condamnation de Derek Chauvin, quant à elle, a secoué le dogme de l'impunité.

Partout, la dynamique des luttes pour la réparation de tous les crimes contre l'humanité devient de plus en plus impétueuse.

Par millions, des voix le clament dans le monde : pour sauver notre planète et pour que survive l'humanité, il faut mettre fin au système capitaliste productiviste et consumériste, à la prédation des impérialistes et des multinationales dont vous êtes ici les agents.

Alors, messieurs les maîtres de la caste, contre vous, nous entendons bien faire en sorte que notre Martinique porte sa contribution à ce beau combat, avec dans notre camp, nous l'espérons, ceux et celles de votre communauté qui décideront de ne plus être otages de votre endoctrinement et de votre chantage sectaire. Car, leur sera salutaire autant qu'à nous-mêmes, cette voie-là, celle de la vérité, de la réparation, de la construction d'un monde équitable et meilleur.

Robert SAE

ANNEXE 10

Tariq Ramadan, une figure controversée

Tariq Ramadan est professeur d'Études islamiques contemporaines à l'université d'Oxford en Angleterre (Oriental Institute, St Antony's College) et enseigne également à la Faculté de Théologie d'Oxford. Controversé, il est accusé par ses détracteurs d'être un adepte du double discours : modéré pour les médias et fondamentaliste pour son public.

Né le 26 août 1962 à Genève, il est aussi professeur invité à la Faculté d'études islamiques (Qatar), à l'Université Mundiapolis (Maroc), où il enseigne la philosophie, et à l'Université Perlis de Malaisie. Il est par ailleurs Senior Research Fellow à l'université de Doshisha (Kyoto, Japon), et directeur du Centre de recherche sur la législation islamique et l'éthique à Doha (Qatar).

Il possède une maîtrise en philosophie et littérature françaises, et un doctorat en islamologie arabe de l'Université de Genève. Il a suivi une formation intensive en études islamiques classiques avec des savants de l'Université Al Azhar du Caire, et obtenu 7 ijazat (permissions d'enseigner les sciences de l'islam) dans sept disciplines différentes.

Tariq Ramadan contribue par ses écrits et ses interventions au débat sur la question des musulmans d'Occident, ainsi qu'au renouveau du monde musulman. Expert consultant dans diverses commissions attachées au Parlement de Bruxelles. Il participe activement au travail associatif aussi bien qu'académique dans les domaines de la théologie, l'éthique, la justice sociale, l'écologie et le dialogue interreligieux.

Il est également président de l'organisation (groupe de réflexion et d'action) European Muslim Network (EMN) à Bruxelles. Il est membre de l'Union mondiale des savants musulmans.

Dans les années 1990, il devient une référence dans certains milieux musulmans. Parfois décrit comme défenseur d'un islam compatible avec les démocraties occidentales, il est aussi une figure controversée : il est accusé par ses détracteurs d'être un adepte du double discours, modéré pour les médias et fondamentaliste pour son public.

ANNEXE 11

Dressez l'oreille, Monsieur Saé - par Emmanuel de Reynal 25 avril 2021

« Quand vous entendez dire du mal des juifs, dressez l'oreille, on parle de vous. » Ces paroles de Frantz Fanon toucheront peut-être votre conscience quand arriveront à vos oreilles les mots que vous venez d'écrire à propos des békés.

J'avoue qu'en lisant votre « lettre ouverte aux maîtres de la caste békée », j'ai d'abord cru à un fake. Jamais je n'aurais pensé qu'un esprit aussi éclairé que le vôtre puisse sombrer dans des amalgames et des clichés aussi grossiers. Jamais je n'aurais pensé que vous vous seriez livré à une telle charge à l'encontre d'une composante de la société martiniquaise, sous prétexte que vous détestez certains d'entre eux, que leur comportement ne vous convient pas, ou qu'ils représentent à vos yeux un système honni. Jamais je n'aurais cru que vous manqueriez à ce point de nuance pour décider de blesser des personnes au nom d'une haine idéologique. Jamais je n'aurais imaginé que ce soit vous qui érigiez les frontières entre « yo » et « nous ». Jamais je n'aurais pensé que vous seriez celui qui allume la mèche, alors que c'est bien « *kolé tèt, kolé zépol* » qui doit être notre ciment à tous !

Permettez-moi de reprendre ici un extrait de mon livre *Ubuntu*: « Quand on affuble un groupe d'individus d'un substantif précédé de l'article défini pluriel "les", on glisse immanquablement vers la caricature. Cet article est dangereux, car il nie la réalité complexe des personnes. Il est l'antichambre de la haine construite sur des perceptions de différences. Il sert de marchepied à l'identitarisme qui restreint notre humanité : "les" noirs, "les" blancs, "les" juifs, "les" arabes, ("les" békés)... ce terrible article crée des cercles humains faciles à aimer, faciles à détester. Des blocs identitaires faciles à juger, faciles à condamner. Il crée des regards inquisiteurs, des raccourcis incomplets, bien incapables de rendre compte de la complexité humaine. Il est clivant, pernicieux et injuste. »

Je refuse pour ma part de me laisser enfermer dans un quelconque cercle, mais quand j'entends dire du mal des autres, je dresse l'oreille.

Je serais ravi, Monsieur Saé, de pouvoir vous rencontrer et échanger sereinement avec vous sur les blessures de notre société.

Emmanuel de Reynal

ANNEXE 12

Pourquoi l'État français ne parvient-il pas à apaiser la mémoire de l'esclavage ?

« Pourquoi l'État français ne parvient-il pas à apaiser la mémoire de l'esclavage ? » C'est le thème de la conférence-débat organisée le dimanche 16 mai 2021 par le CM98 (Comité Marche du 23 Mai 1998). Emmanuel de Reynal est l'un des trois intervenants.

Les deux autres intervenants sont Luc Reinette, fondateur du CIPN (Comité International des Peuples Noirs), et le professeur Serge Romana, généticien et président de la Fondation Esclavage et Réconciliation.

Cette table ronde se tient en visioconférence. Elle constitue le deuxième volet d'un échange entamé sur le même thème la veille, samedi 15 mai 2021, par trois autres intervenants :

- L'activiste Shatta
- Philippe Pichot, chargé de mission de la route des abolitions de l'esclavage
- Dr Emmanuel Gordien, virologue et président du CM98

La première étape de ce cycle d'échanges en trois temps se tient le jeudi 13 mai 2021 sur le thème : « Pourquoi la France ne parvient-elle pas à enseigner sans disparités et inégalités l'histoire de l'esclavage sur l'ensemble de son territoire ? »

Quatre intervenants y participent :

- Frédéric Régent, historien et maître de conférences en Histoire moderne,
- Lionel Trani, professeur certifié en histoire-géographie,
- Cécilia Elimort-Trani, professeure certifiée en histoire-géographie,
- Mariane Glaude et Camille Dorothée, adhérentes du CM98.

Ces trois tables rondes s'inscrivent dans le programme 2021 des commémorations de l'abolition de l'esclavage en France, mises en place par CM98. Les débats sont arbitrés par deux modératrices : Josely Dorothée et Viviane Rolle-Romana. Malgré les contraintes imposées par la crise sanitaire, le Comité Marche du 23 Mai 1998 tient à honorer, comme tous les mois de mai depuis 22 ans, le souvenir des millions d'hommes et de femmes déportés d'Afrique et mis en esclavage dans les colonies françaises d'Amérique et de l'Océan entre les 17e et 19e siècles. »

ANNEXE 13

La Grande Dorsale

Le projet de grande dorsale porté par la liste « Renaissance Martinique » de Max Orville pendant la campagne des élections territoriales 2021 en Martinique comporte plusieurs volets: aménagement du territoire, décloisonnement du Nord, amélioration des mobilités, sécurisation des évacuations en cas de cataclysmes naturels (éruption volcanique, tsunami, etc.), accélération du développement économique, et réduction massive de la pression environnementale.

Il part d'un constat.

La Martinique souffre de ses embouteillages. Tous les flux convergent au même endroit, en concentrant les fumées carboniques et les heures détruites. Selon Emmanuel de Reynal, « le coût économique de ces concentrations est exorbitant, puisque chaque jour, les Martiniquais perdent plus de 100 000 heures dans les bouchons. 100 000 heures toxiques, chargées de particules plus ou moins fines qui viennent polluer l'air que l'on respire. 100 000 heures de stress qui nourrissent nos pathologies et parfois même nos tensions… »

Le projet de la grande dorsale vise donc à « ouvrir le chantier d'un avenir plus fluide, plus serein, et plus sécurisé en créant une nouvelle voie hors des zones occupées qui reliera le nord et le sud par son centre avec des échangeurs reliés au réseau existant. Ce projet, inspiré de la route des Tamarins à La Réunion, permettra de diviser par deux ou par trois les distances martiniquaises et de réaménager entièrement le territoire dans une nouvelle dynamique économique : revitalisation des zones d'habitat excentré, revalorisation des circuits touristiques, amélioration de la mobilité et regain général d'attractivité et d'efficacité économique.

Cette grande dorsale sera multimodale. C'est-à-dire qu'elle sera ouverte à la fois aux voitures individuelles, mais également aux véhicules de transport collectif, aux deux-roues, aux vélos et aux piétons… Elle sera également le support des réseaux de fluides essentiels (eau, électricité…), et sera conçue pour abriter les nouvelles technologies que notre environnement exige : routes solaires, points éoliens… Cette route du futur transformera entièrement notre île. Elle la décloisonnera en abolissant enfin les distances entre le nord et le sud, et en désengorgeant un centre aujourd'hui asphyxié. »

Le coût du projet : environ 1,5 milliard d'euros. « Mais il n'en est pas moins réaliste, souligne Emmanuel de Reynal, puisqu'il s'échelonnera sur 10 ou 15 ans, et sera financé par le Plan Exceptionnel d'Investissement prévu dans le programme de Max Orville dans le cadre de sa campagne pour la CTM. »

(SOURCE : « laissemoitedire.com »)

ANNEXE 14

De la Nègattitude au travail

De la Nègattitude au travail, Tome 1, est un ouvrage d'Ary Broussillon publié en juin 2020 par les Éditions Nèg Mawon.

L'Éternel nègre : la Paresse. *Fennyan dèpi lantikité.* (Traduction : Fainéant depuis l'Antiquité.) Il est alors question d'une réelle Nègattitude au travail et de sa composante principale : la prétendue paresse native des nègres.

Certains pensent qu'ils sont nés comme ça, qu'ils sont faits comme ça. Il s'agit d'une assignation à prétention scientifique parfois, mais reposant essentiellement sur des « *histoires* » et des fantasmes coloniaux.

Ces paroles à peine altérées par le temps sur les Guadeloupéens, Martiniquais et Guyanais, mais plus généralement sur les peuples noirs, participent de « l'Éternel nègre » des coloniaux ; elles relèvent de la « Raison Nègre » et se colportent depuis Mathusalem, confortées au plan idéologico-culturel par l'école, mais aussi par des autochtones eux-mêmes, souvent artistes ; par des intellectuels et autres « ingénieurs des âmes », progressistes ici et racistes là, tous prisonniers de l'idéologie colonialiste et de son corollaire : le préjugé de race.

Tout cela a contribué à former et à conforter cette Raison Nègre jusqu'à la faire partager très largement comme vérité établie, sens commun, y compris par nombre de nègres de Guadeloupe, Guyane et Martinique.

(SOURCE : « librairiehorizon.fr »)

ANNEXE 15

Le Fanntchouisme

Le « *Fanntchou* » est un phénomène comportemental et sociétal d'actualité qui consiste à détruire l'autre ou à être jaloux de sa réussite. L'idée du *Fanntchou* est révélatrice des rapports sociaux notamment au sein des entreprises. C'est un concept développé par le psychologue clinicien Errol Nuissier.

Publié par Daniel Bétis le 5 avril 2019 sur « francetvinfo.fr »

Depuis deux semaines, une vidéo circule sur les réseaux sociaux, et fait le buzz sur la théorie du *Fanntchou*. Pour Errol Nuissier, psychologue clinicien, psychopathologue, c'est celui qui cherche à détruire l'autre.

Comme exemple, il évoque le panier de crabes, explique le refus par l'autre de la réussite de l'autre. Ce mode de fonctionnement fréquent envahit la société et l'empêche d'avancer. Cette jalousie chronique est un poison sociétal qui empêche de progresser.

Fort de ce constat, Errol Nuissier propose l'andidote : « valoriser ce qui fait, mettre l'accent sur ce dont on est capable, éduquer et transmettre ce savoir aux autres, permettra de juguler le *Fanntchou*. »

(SOURCE : « francetvinfo.fr »)

ANNEXE 16

AMÉDÉE FENGAROL, UNE FIGURE CONTESTÉE

Amédée Fengarol naît le 30 mars 1905 et meurt le 11 janvier 1951 à Pointe-à-Pitre, le jour de son élection. Instituteur, membre du Syndicat National des Instituteurs, militant communiste de Guadeloupe, il occupe le fauteuil de maire de Pointe-à-Pitre pendant quelques heures. 70 ans plus tard, les causes de son décès font encore débat.

Amédée Fengarol s'écroule en pleine rue le 11 janvier 1951, le jour de son élection à la mairie de Pointe-à-Pitre. Il est âgé de 45 ans. Chaque année à la date anniversaire de son décès, un hommage lui est rendu. Ce 11 janvier 2021, les animations se déroulent à l'école élémentaire qui porte son nom.

Un Guadeloupéen engagé

Amédée Fengarol naît le 30 mars 1905 à Capesterre-Belle-Eau. Après une enfance et une scolarité à Pointe-à-Pitre, au lycée Carnot notamment, où il obtient son baccalauréat, il entre dans l'enseignement en 1926 et exerce dans plusieurs îles de l'archipel. Très vite, il intègre le SNI, Syndicat National des Instituteurs, dont il devient le Secrétaire général à l'échelle locale. Un engagement au sein de l'éducation qu'il poursuit en politique. Pendant la Seconde Guerre mondiale, opposant au régime de Vichy, il rejoint la Résistance.

Il se rapproche peu à peu de la pensée marxiste. En 1944, il fonde la Fédération Communiste de Guadeloupe avec Hégésippe Ibéné, Rosan Girard et Raphaël Félix-Henri.

Après la guerre, proche d'Aimé Césaire, Gerty Archimède et Henri Bangou, il participe comme conseiller général à la transformation de la Mutualité en Sécurité sociale.

Amédée Fengarol est un homme engagé, et il ambitionne de se présenter aux élections de la deuxième Assemblée Constituante de juin 1946. Pendant ce scrutin, il accuse de fraude son opposant socialiste, Paul Valentino. Il retrouve le même adversaire l'année suivante aux élections municipales de décembre 1947 à Pointe-à-Pitre.

À peine 4 ans plus tard, une nouvelle campagne est organisée pour les élections municipales partielles de janvier 1951. Les affrontements entre socialistes et communistes sont vifs. Amédée Fengarol l'emporte avec 18 voix contre 15 pour Valentino. Sans même nommer ses adjoints, le maire élu prend la décision d'ajourner la séance en raison des tensions. Alors qu'il se dirige vers le siège du journal *L'Étincelle*, il s'effondre et meurt.

La thèse de l'assassinat encore présente

70 ans après son décès, la rumeur d'un assassinat plane toujours. Déjà en 1951, ses amis et partisans ne croient pas à une mort naturelle. Beaucoup parlent d'empoisonnement au curare, substance toxique qui entraîne la mort par asphyxie. Les résultats de l'autopsie pratiquée ne sont jamais communiqués.

Son petit-fils, aujourd'hui maire de Pointe-à-Pitre, Harry Durimel, se fait un devoir d'établir les circonstances du décès de son aïeul.

Selon lui, Amédée Fengarol n'était pas seulement une figure du patrimoine socio-politique guadeloupéen. C'était aussi un homme, un père, dont les valeurs ont traversé les générations.

Une image contestée

L'hommage rendu ce 11 janvier 2021 par la mairie de Pointe-à-Pitre suscite de nouvelles discussions autour de sa personnalité. Certaines voix s'élèvent pour décrire une tout autre vision du personnage. Ainsi, l'historien René Bélénus publie une tribune au titre évocateur : « Amédée Fengarol : une légende usurpée »

« Les circonstances de la mort de Fengarol le 11 janvier 1951, débute l'historien, continuent d'alimenter une légende et de cautionner un mythe qui ne résistent pourtant, ni l'une, ni l'autre à une analyse objective des faits incriminés. Le nombre de rues, de médiathèques ou, encore, le tout récent siège administratif de la Sécurité Sociale à Dothémare, viennent entretenir la flamme du souvenir de celui que d'aucuns cherchent à faire passer pour un être exceptionnel. La réalité pourra sembler pour ainsi dire cruelle à ses apologistes, sauf s'ils s'en tiennent à la seule version distillée au fil des décennies par le Parti Communiste. »

Une mort naturelle

« Certains de ses vieux camarades en politique, poursuit l'historien René Bélénus, les uns après les autres et, confondus par des preuves établies, ont fini par avouer que la mort de Fengarol était on ne peut plus naturelle. De même, son image est désormais sérieusement écornée eu égard à l'éthique même qui prévaut au sein de la classe politique : un homme peu sérieux, ne travaillant pas ses dossiers, réputé pour ses retards et absences légendaires, à telle enseigne que Rosan Girard lui-même avouait avoir dû lui retirer le Secrétariat général du Parti au profit d'Harry Magen, six mois seulement après le lui avoir confié en 1946.

Le motif invoqué en dit long sur la nature des rapports entre Rosan Girard et Amédée Fengarol : « Manque de rigueur et de ponctualité dans la gestion du Parti ! » Après s'être opposé à la candidature de Fengarol aux Cantonales de 1945 à Pointe-à-Pitre, Girard tente de nouveau, mais en vain, de l'écarter lors du choix du candidat communiste pour le quatrième canton de Pointe-à-Pitre en 1949. De toute évidence, sa collusion avec la droite pointoise en 1947 faisait désordre, eu égard à la ligne définie par le Parti. »

L'historien René Bélénus déroule un plaidoyer de onze pages qui dément tous les hommages. 70 ans après la mort d'Amédée Fengarol, le débat se poursuit.

ANNEXE 17

La Sécurité Sociale en Guadeloupe

L'article 86 du décret du 4 octobre 1945 prévoit l'extension de la Sécurité Sociale aux futurs départements d'Outre-mer.

La loi du 19 mars 1946 ayant transformé les quatre vieilles colonies françaises en départements, il faut, conformément au préambule de la Constitution de 1946, étendre les avantages de la Sécurité Sociale aux nouveaux départements.

Le décret du 17 octobre 1947 crée la Caisse Générale de Sécurité Sociale, organisme unique chargé de gérer les prestations familiales, maladie, vieillesse et de recouvrer les cotisations dans les départements d'Outre-mer.

Cet événement marque le point de départ d'une politique sociale caractérisée, surtout dans les années 1954-1955, par des efforts appréciables tendant, grâce aux actions les plus diverses, à assurer une « Sécurité Sociale » à la population.

(SOURCE : « cgss-guadeloupe.fr »)

ANNEXE 18

Recta Linea

Recta Linea : Petit traité d'humanité martiniquaise d'Emmanuel de Reynal est publié en février 2021 aux Éditions du Panthéon. En voici le résumé :

« En refermant la porte, il baissa les yeux machinalement et vit une enveloppe coincée sous son pied. C'était une enveloppe blanche de taille moyenne qui ne comportait rien d'autre qu'une inscription écrite à la main : Gabriel. À l'intérieur, une petite carte en bristol et une lettre. Sur la carte, on pouvait lire ceci : Gabriel, cette lettre est la première d'une longue série. Tu aurais dû la recevoir depuis bien longtemps. Pardonne-moi. Ta marraine.

Il n'avait pas le souvenir d'avoir jamais eu de marraine. »

Gabriel commence un matin à trier de vieux souvenirs lorsqu'un bruit étrange derrière la porte attire son attention. Intrigué, il ouvre la porte et découvre une mystérieuse lettre... Dans *Recta Linea*, Emmanuel de Reynal nous livre une enquête palpitante au cœur de la vie martiniquaise, rythmée par des découvertes étonnantes au fil des lettres reçues par notre héros. Les secrets de famille se dévoilent... et bien d'autres encore.

(SOURCE : « editions-pantheon.fr »)